TO

ボクシングガールズ

澤田 文

TO文庫

目次

ボクシングガールズ

プロローグ

その夏の日、彼はミットを構える手に力を込めていた。黒いTシャツとジャージ姿から怒号が発せられる。全身に玉のような汗が噴き出ている。

「もっと強く！　もっと速く！　そんなもんじゃないだろ。おまえはもっとできる！」

相手の少年は十八歳の高校三年生。高校生にしては小柄で痩《や》せている。体つきは華奢《きゃしゃ》だが、顎《あご》をひいて、まっすぐに彼を見つめる目だけはキラキラと輝いている。右手をひいた構えはサウスポーだ。

少年の高校生活も残すところ半年だった。少年は卒業したらプロテストを受けて、ボクサーになりたいと言っていた。彼は少年の親を説得するためにも、高校最後の試合となる次の選手権で少しでもいい結果を残したかった。その少年がどこまでやれるか、できるだけ力を引き出したい、と思っていた。

彼はミット打ちを終えるとリングに入って、すぐにスパーリングを始めた。少年にはヘッドギアを付けさせたが、自分は付けなかった。

「さあ、来い！　もっと速く！　速く！　もっと！　諦《あきら》めるな！」

彼のパンチはいつになく、速く重い。少年はヘッドギアを慌てて付けたのでマジックテープが少し外れていた。激しい彼のワンツーに、少年の汗が飛び散る。

彼の右ストレートが少年に入った瞬間、ヘッドギアがずれて外れ、宙に飛んだ。

打たれた少年の左頬はピンク色に上気し、みるみる瞼《まぶた》がはれてくる。

少年の体がバランスを崩し、倒れていく。

リングに倒れた少年はグローブの手で左目を押さえた。

「おい、近見《ちかみ》？」

少年の左瞼がパックリと割れて血が噴き出した。その血をグローブの手で拭《ぬぐ》おうとしている。焦るあまり、呼吸が上がってくる。

「はあっ、はあっ、はあっ……」

過呼吸になったのか、少年の呼吸が激しくなる。

少年は苦しい息の中、瞼から噴き出る血で周りが見えない。試合中ならセコンドがワセリンを塗って、消毒と止血の応急手当をするが、スパーリングでこんな怪我をするのは稀《まれ》だ。周りにいた人間はすぐに動けないでいた。

彼が少年に駆け寄ったが、少年は彼の腕を振り払う。彼は自分のグローブを慌てて取らせた。グローブに赤い血がついている。少年の血だ。グローブに傷がついていると、殴られた方の肌が切れる。顔なので思った以上に血が噴き出る。初めての時は誰でも動揺するが、決して大きな傷ではない。

「大丈夫か。立て……」

自分の血を見て混乱している少年は、言われていることが分からないようだった。

「近見、立て。立てるか」

しばらく経って、やっと少年は彼の言葉が耳に入ったようだった。しかし、立ち上がる代わりに、蚊の鳴くような声で言った。

「目が……見えない」

「瞼の上を切ったんだ。血が目に入ったんだろう」と彼は言いながら、救急箱から綿棒とワセリンを取り出した。綿棒で止血し、ワセリンを塗る。

少年はかすかに首を振った。

「違うんです」

「こんな怪我すぐに――」

「前から虫が見えてたんだ。それが増えて……」

少年の口から「虫」という言葉が飛び出して、辺りは水を打ったようにしんとなる。

「いつからだ？　いつから虫が見えてた？」

「今年の初めから……」

血と汗に交じって、少年の目から涙がこぼれ出した。

「いつのまにか虫が増えて、目の前が墨をぶちまけたみたいになって、光も見えてきて……でも、言ったら大会に出られなくなる……だから――」

「近見、おまえ――」

眼球の内側にある網膜《もうまく》が剥がれる「網膜剥離《はくり》」の初期には、蚊のような虫が飛んでいるように見える、「飛蚊症《ひぶんしょう》」の症状が現れる。その虫の数が増えて、やがて光が入ったように見える「光視症」になる。そして急激に視力が衰える。失明することもある。網膜剥離の診断はボクサーにとって死刑宣告だ。二度と試合には立てない。

異常な状況に、周りにいた少年たちも息を呑んでいた。彼は少年を抱き上げる。

「誰か、救急車！　早く呼んでくれ」

少年の意識が遠ざかっていく。

「近見、聞こえるか？　しっかりしろ！」

彼は必死で少年を支え話しかけるが、うつろな表情の少年は何も答えない――

第1章

やばい。間に合わない！

早朝の北千住駅で、群馬に行く特急電車「りょうもう号」を必死に探して息を切らせていた。実家の最寄り駅なのに、肝心のホームが見つからない。地元の気安さで、「すぐに見つかる」と高を括《くく》っていたが、あるはずのホームがないのだ。赴任初日に遅刻はまずい。俺は、先ほどから二十分ほど、東武線のホームを行ったり来たり、焦って走っていた。

ホームの先端に小さな階段の降り口が見えた。降りてみると、半畳ほどのプレハブに駅員が立ち、人一人通れる通路がある。そこが、「りょうもう号」の改札だった。時計を見ると、乗ろうとしていた列車の出発まであと五分。なんとか間に合った。

「館林《たてばやし》までお願いします」

息を弾ませながら、切符を購入すると、駅員は無言で乗車券にスタンプを入れて、渡してくれた。乗車券に特急料金をあわせて、二千円近い。

「高っ！」

急に赴任先の学校が決まったので、住居の手配が間に合わず、「しばらく実家から通おう」と思っていたが、やっぱり、無理だ。交通費がかかりすぎる。さっそくアパートを探さなければならない。

改札を通ると、ひんやりした外気に当てられた。四月とはいえ、早朝の人気のないホームは冷えていた。汗が一気に引いて、ゾクッとした。

列車の到着を待つ人はまばらで、ゴルフバッグを抱えたおじさんや、大きな鞄を持った旅行客くらいしかいない。通勤客は自分だけらしい。

昨晩、インターネットで路線情報を調べたら、北千住から館林まで特急で約五十分だった。「通勤圏内じゃないか」と安心していたが、これほど乗客が少ないとは思わなかった。東京から群馬に通勤、通学する人間は少ない、ということか。それとも、ゴルフ場や温泉旅館のある行楽地だからか。

スマートフォンを出して、「群馬」を検索してみた。すると、ものすごい長文の説明書きが出てきた。群馬県の人口密度は一平方キロメートルあたり、約三百人だという。ちなみに、東京都を調べると、約六千人。つまり東京の二十分の一しか、人がいないということだ。実家は総戸数二十戸ほどの中古マンションで、ほぼ満室。例えていうと、群馬では、俺の住むマンションのうち、俺の家以外が全部空き室状態、ということになる。

鼻をすすりながら、自販機で温かい缶コーヒーを買う。

「ガツン」

缶コーヒーが落ちる音までいつもより重たい。列車が来るまで、缶をカイロ代わりにして手を温めた。

路線図を辿《たど》ると、目指す館林は、埼玉を通り越して、地図上のずっと北の方にあった。東京都の中では北に位置する北千住さえ、この寒さだ。旅行客は館林をさらに北上した温泉地帯を目指すにせよ、相当な厚着をしている。たいそう寒いに違いない。

久しぶりに手を通したグレーのスーツは、なんだか頼りない。ペラペラのスーツを着てきたことを後悔していた。

動き始めた「りょうもう号」の席で、もう一度学校から送られてきた書類に目を通す。一枚目には、なんとも簡単なメッセージが書かれていた。

〈本田《ほんだ》彰《あきら》殿

四月九日より、貴殿を本学の数学課非常勤講師としてお迎え致します。

群馬県立館明《かんめい》女子高等学校〉

二年前、俺は、ちょっとした事情で、東京のとある私立高校を辞めた。都内で若手教師の口は応募倍率が高く、なかなか再就職できなかった。北千住の実家に居《い》候《そうろう》して、職を探し続けた。三十歳を過ぎて、関東近郊にも手を広げて応募を繰り返した。

やっと仕事をくれたのが、今日から通う、「館女《かんじょ》」こと、館明女子高等学校だ。産休に入った女性教師のピンチヒッターだ。よほど緊急だったのか、普通なら四月一日の赴任だが、連絡が入ったのが四月一日。新年度の職員会議も入学式も終わった、授業開始の九日からの赴任になった。

就職先を聞いて、商社勤めの兄は、「群馬なんて、ゴルフしに行くところだろ」と言った。

「まあ、でも拾ってくれるところがあって、よかったよ。しがみついてでも頑張れ」。相変わらず上から目線の励ましだ。

「だけど、おまえ、女子校なんて授業大丈夫か？　ま、目の前にいるのはカボチャだとか思って授業するんだな」

家電メーカー勤めの父は、ボソッと慰めてくれた。

「うちの工場も、昔は群馬にあってな。名物は、『かかあ天下とからっ風』っつうぐらいだから、『女が強くて、北風が身に沁みる』ところだよ」

いつも後ろ向きな父の呟《つぶや》きは、今回に限って、核心をついている気がした。県立の女子校なのだ。不安がないわけない。だが、二年待ってやっとつかんだ就職先だ。「無事にお勤めを果たす」と、朝から自分に喝を入れて家を出た。

迂闊《うかつ》にも、今、書類を見て気づいたのだが、「館女」は、女子校の中でも伝統的な校風のようだ。大正六年に館林城の跡地に開校されたという。しかも、モットーは、「清く、優しく、美しく」。〝群馬の絹《シルク》のような大和撫子《やまとなでしこ》〟の育成が教育目標だという。

群馬県には世界遺産になった富岡製糸場がある。つまり、元祖シルクの大生産地ということだ。

思わずつるっと滑らかなシルクの感触を想像していた。その妄想は、一瞬、きれいなもち肌の女子高生になっていた。慌てて首を振って打ち消す。

俺は色白の女性を見ると、つい挙動不審になってしまう。意識しすぎて、かえってぶっきらぼうな態度をとったり、目を伏せたまま顔があげられなくなったりすることが多い。

以前、何かで読んだのだが、男は、その女性の外見を一秒見ただけで、「好みかどうか」、「相手との結婚が、ありか、なしか」を見分けるという。一秒で自分にない遺伝子を相手が持っているかどうかをピーンと察知するのだ。より素晴らしい子孫を残そうとする、男性の生物としての本能だという。

俺の本能が反応しているにせよ、女子高生たちは、そんな男性的な心情をすぐに察知して軽蔑するに違いない。

ますます不安は募っていくが、東武動物公園駅に停車すると、次は、もう、目的地、館林だった。気持ちを切り替える。

いざ、館林!


意外にも館林駅は構内の天井が高く、何本ものホームがある、広々した大きな駅だった。隣駅を通過した際、その三角屋根の小さな平屋が「無人駅か」と思うほど閑散としていたので、館林駅もさぞや寂しい駅に違いない、と想像していたのだ。だが、掲示板や時計、自販機などの佇まいも、東京と大差ない。まだ時間が早すぎるのか、「館女」の生徒らしき姿はなかった。一緒に降りた乗客も見当たらず、気づけば一人だった。

改札を出ると、地元の観光協会が作った、館林城など名所絵地図が描かれたチラシがあった。「館女」まで、徒歩で約二十五分。いくら不案内と言っても、産休の代替教師が初日からタクシーで乗りつけるわけにいかない。金もないから、歩くことにした。

駅前はロータリーになっている。振り返ると、二階建ての館林駅の中央にはドーム型にかたどられた時計台と、斜めに格子が入った窓があり、洒落た洋館風だった。周辺には洋風の街灯があり、オレンジ色のパンジーが植えられたプランターが数個置かれている。テーマパークの一角のようだが、そこに誰もいないことが不気味だった。耳の後ろを吹き抜けた風が冷たくゾクッとする。

右手にまっすぐに伸びる大通り沿いには店がずらりと並んでいる——ように見えた。

ところが、だだっ広い通りに低層のビルが並ぶ中を歩いてみると、早朝だからか、どこの店も開いていない。シャッター通りというのとも違う。空が広くて、空気は澄み、気持ちはいい。だが、人っ子一人いないのだ。

俺は、がらんとした大通りを外れて、もらったチラシに描かれた「史跡めぐり」に沿って歩いてみた。館林は、十六世紀に城がつくられてから、四百年近くにわたって城下町として栄えた街だという。だが、史跡と言っても、残っているのは木造の門とか、昔の庄屋らしき建物の玄関だけだ。門の奥はだだっ広い駐車場になっていて、相変わらず人気がない。

裏道に入ると、黒くすすけた木造二階建ての民家に掲げられた、かつてはけばけばしい色だったと思われる風化した大きな看板が目に入った。

「歌声喫茶・だんらん」

すると、瓦屋根の民家を急ごしらえで改造した、かつての〝店〟が、ぽつぽつと現れた。「クラブ・CHARLY's」「フィリピン・パブ・LOVELY」「喫茶室エチュード」……ちょっと思いつかない、古臭いネーミングだ。ある時、わっと人が来て、わっと店ができて――そして、わっと潰れた。そのまま、十年二十年放置されたのだろう。

わけもなく寂寥《せきりょう》感に駆られて、高校時代運動部に入ってからすっぱり止めていたのに、タバコが吸いたくなってきた。コンビニを探すが、どこにも見当たらない。

駅には隣接して小さなコンビニがあったはずだ。しまった。明日からは通勤時に昼飯でも何でも、計画的に調達しておかなければいけない。

それにしても、行けども、行けども、朽ち果てた看板を掲げる店か、民家しか見当たらなかった。人に聞こうにも、人が歩いていない。

そのうち、市役所や文化会館、図書館といった公共施設と緑だけになった。どうやら、もうそこは、かつての城内なのだった。

結局、学校まで一軒のコンビニもなかった。

突然整備された大きな木が並び始め、緑深くなった。プラネタリウムのある「向井千秋記念子ども科学館」と、「田山花袋《かたい》記念文学館」の道を隔てて反対側に、「館女」はあった。

ところが、そこは裏門だった。入れないので、仕方なく正門に回る。正門は、塀のない民家の庭と隣接していて、大回りしないと入れないのだった。

館林駅を出発してから、すでに二十五分が経っていた。大きな溜息をつく。

広い校庭に面した裏門と延々と続く塀に比べ、正門は拍子抜けする位こぢんまりしていた。正門の脇は駐車場になっていて、職員はどうもマイカー通勤のようだ。その隣に生徒用らしい自転車置き場があり、大量の自転車が整然と並んでいた。この辺りでは、徒歩での移動はしないのかもしれない。人っ子一人も出会わなかった理由も頷けた。

三階建ての校舎は飾りっ気のない作りでアルミサッシの窓枠が目立つ。「清く、優しく、美しく」のモットーにふさわしい、シンプルでお堅い印象だった。二階の窓には「祝・全国大会出場」の部活動の垂れ幕があった。ボート部、マンドリン・ギター部、アーチェリー部、水泳部が太いゴシック体の文字で掲げられていて、部活動がさかんな様子が見て取れた。

正門をくぐると、桜の花びらがはらはらと散っていた。歴史ある学校だけに校門の傍《かたわら》に年季の入ったソメイヨシノがこんもりと花を咲かせていた。その薄ピンク色のソメイヨシノの脇には、緑の眩《まぶ》しい新芽とやや大ぶりな白い花をつけた山桜。その下を、女子高生たちが昇降口へ向かって歩いてくる。

桜と女子高生。まるで、映画のワンシーンのように美しい。ここまでの道のりの苦労も、これから起こるだろうことの心配も、一瞬忘れて、それに見入った。「一緒にお花見したら楽しいだろうな」などとよぎる。

そこへ向こうから二人組の生徒が歩いてきた。ショートカットの華奢な子と、縦ロールに髪を巻いたロングヘアの可憐《かれん》な子だ。

そのロングヘアの子が、俺にニッコリ笑いかける。

「おはようございます」

「あ、おはよう」

「『ごきげんよう』とか言われたら、どうしよう……」とドギマギしていたが、意外と普通に声が出た。

そつなく声が出たのはいいが、次の瞬間、敷石につまずいて、少しよろけた。辺りにいた生徒たちが、わっと笑う。カーッと顔が熱くなる。

まるで中学時代に戻ったみたいだ。女子全員が俺を見ている。みんなに注目されている、妙にふわふわした気持ちを打ち消すように、懸命に真面目な顔を作った。

気を落ち着けるため、早足で校庭へと向かった。広い校庭の東側に、三階建ての校舎よりずっと背の高い木がある。木の下へ移動する。まっすぐに育った幹や生い茂る葉を見上げると、少しほっとした。大丈夫。やっていける。

何度か深呼吸をしているうちに、職員室を訪ねることになっていた時刻が近づいていることに気づいた。気合いを再度入れ直し、エイッと両手を張り出す。と、右手にえらく柔らかい感触があった。俺の手は何かに当たってしまったようだ。振り返ると、さっきの二人組のショートヘアの子だった。なんで、この子が？　すぐに手を引っこめる。

新一年生なのだろう。真新しい制服は、少し大きいようだ。白い長袖のブラウスに、紺のベストとブレザーとスカート。紺のハイソックスに黒のローファーだ。今時珍しい古いタイプの、いや、かなりダサい制服だが、彼女の透明感のある白い肌には清々しく清潔感がある。

染めているわけではないようだが、明るい茶色がかったショートヘアが太陽の日差しを受けて、キラキラと透き通って輝いて見えた。

うつむいている彼女の顔を覗きこむと、あどけなさの残る顔に大きな瞳が印象的だった。だが、その瞳には涙がいっぱいに溜まっている。

「ごめん……」

彼女の頬に一筋の涙が流れた。

「もしかして、目に入った？」

彼女は黙ったまま首を横に振った。

「痛かった？　俺――ほんと、ごめん」

殴ったり、はたいたりしたわけではない。こちらの手にそれほどの衝撃はなかった。痛みはないはずだが……。

「大丈夫？」

彼女はうつむいて、こっくり頷いた。目と鼻が充血して、少し赤くなっていた。気になるのか、前髪を指で引っ張ってそれを隠そうとする。

俺ははたと気づいた。もしかしたら、誰もいない木陰で彼女は泣いていたのかもしれない。

「りーん」

さっき一緒にいた縦ロールのロングヘアが校舎の入り口で呼んでいた。

「凛《りん》、授業、始まっちゃうよー」

呼ばれた彼女は涙を拭うと、ロングヘアに叫んだ。

「今、行くー」

澄んだ声だった。哀しいくらい澄んだ声が広い校庭に響いた。制服の胸に付けられたバッジは「一年B組」。俺が初授業をするクラスだ。

凛が去った後、大木のそばにプレートを見つけた。

館林城があった時からのアカマツの木だった。

校長や他の教員に挨拶した後、事務手続きをして机やロッカーを貸与された。

初授業は三時限目の一年B組からだった。ガラッと教室のドアを開けた途端、何度もシミュレーションしていたはずなのに、一瞬頭が真っ白になった。

分かっていたことだが、クラスの全員が女子高生だ。前任校は「中の上」レベルの私立男子校だったから、教えるのは「おっさん、お願いしますよ」みたいな目で見ているヤンキーくんと、「さくさく授業やってください。僕、受験勉強したいんです」みたいなガリ勉くんだった。

それが、みんなふにゃふにゃして、柔らかそうな女子ばかりなのだ。心なしか甘い香りまでする。しかも、先ほど職員室を見回した感じだと、この学校に若い男性教師はいない。つまり、クラス中の女子生徒が「あなたは、希望の星です」と言わんばかりに目をキラッキラッ輝かせて、こちらを見ているのだ。兄が言ったように彼らをカボチャと思うなんてことは、とうてい無理だ。

「きりーつ」

「れーい」

教壇に立った俺は、生徒たちが着席する間に、そっと深呼吸した。そして、黒板に向かって、思い切り大きな字で名前を書いた。

「本田彰」

緊張を悟られまいとして、できるだけ腹から声を出す。

「えー……黒川先生のピンチヒッターで、突然ですが――」

思いのほか、大きな声が教室中に響いた。みんな、じっと俺を見て、しんとしている。

「今日から皆さんに、数学Ⅰを教えることになりました本田彰です。彰っていうのは、『はっきりした』とか『明らか』っていう意味があるそうですが、竹を割ったような明瞭快活な性格というわけではありません。まあ、普通です――」

なるべく落ち着いて見えるよう、ゆっくりと話しながらやっとクラス中を見回す余裕が出てくる。アカマツの下で会った子がいるのも確認できた。座席表をちらっと見ると、彼女の名前は「鈴木凛」だ。俺は自己紹介を続けた。

「前は東京の私立の男子校で数学を教えていました。東京生まれの東京育ちで、三十歳です。今日群馬に初めて来たばかりで、当分不慣れなこともあるかと思いますが、よろしくお願いします。何か、質問とか、あるかな？　あれば挙手してください」

誰も手を挙げようとはしなかった。安心してひと息つくと、さっそく授業に入ることにした。

「では、教科書の四ページを開けて――」

すると、窓際の席の子が手を挙げた。朝、挨拶してきた子だ。座席表によれば、阿部綾香《あべあやか》。綾香は、手入れの行き届いた艶々《つやつや》のロングヘアを縦ロールに巻いた〝お嬢様〟風。旺盛な好奇心が、大きくて、ぱっちりした目に溢《あふ》れ出ている。

「なんだかひらひらしてて、金魚みたいな女の子だな」と思いながら、綾香を指名した。

「えっと、阿部さん」

「あの、本田センセ、女子校は、初めてですかぁ？」

「え？　あ、そうだけど――」

「イケメンですよね」

「そ、そんなことない」

　確かに今日はいつもより念入りに前髪を立ち上げてきた。早起きしたので、幅の広い二重の目もぱっちり見開いている。

「イケメンですよ～。WAKIDAIに似てますよね」

「え、巻貝？」

「AXILEのWAKIDAI、知らないんですか!?」

「知らない……」

　生徒がざわざわとし始める。国民的に有名なグループだけに、ユニット名ぐらいは聞いたことがあるが、誰がどの歌手なのかまでは分からない。彼女たちにとって、それは理解できないことなのだろう。十六歳の彼女たちにとって、所詮、三十歳の俺は彼女たちよりも親世代に近い。

　気を取り直したのか、綾香が再び俺に畳みかけてきた。

「あのー先生、彼女いない歴三年って、ほんとですか？」

「え？　なんで、知って――？」

「うふふふ……」

　クラス中が弾けるように笑い出した。花が咲いたよう、というのだろうか。

三十三人もの女子高生が俺の方を見てニコニコしている。生まれてから味わったことのない状況に、どんな顔をしたらいいか、分からない。一刻も早く授業を始めて、この雑談を切り上げなければ。授業にさえ持ち込めば、こっちのペースになるはずだ。俺が教科書に目を落とした時、前列に座るめがね美少女が言った。

「先生についていろいろリサーチしたんです」

座席表によれば、吉瀬七海《きちせななみ》。このクラスの学級委員だ。髪をポニーテールにした、クールな秀才タイプだ。

その秀才が、俺をじっと見ながら、口を開く。

「――で、先生、初チューは、いつだったんですか？」

「え？　よ、幼稚園の……」

「ええーっ！」

「うけるー！」

思わず素直に答えてしまった。クラス中がわーっと一気に盛り上がる。

「センセ、初エッチは？」

綾香が目を輝かせてさらに聞いてきた。

「おまえら、俺をからかってるのか！」と、思わず啖呵《たんか》を切りそうになったが、必死に抑える。まともに答えちゃダメだ。教師らしくしなければ。

渦巻く感情を押し殺し、黒板に向かって、授業を始めることにした。「関数とは」と書こうとした時だった。

突然、チョークが折れて、飛んだ。

おろしたばかりのチョークは放物線を描いていく。安物ではない。持ち前のケチ根性から、「無理か」と思いながらも、反射的に手を伸ばした。

すると、チョークが教壇の隅にあったバケツに落ちる寸前、俺の右手はチョークをキャッチしていた。

「キャー、すごーい！」

「なんでー!?」

「カッコイイー!!」

綾香はどうやら切り込み隊長らしい。すかさず聞いてきた。

「本田センセ、今のミラクルはなんですか？　なんか運動やってた、とか？」

「あ、ボクシングやってたから……」

「ボクシング！！！」

今日の授業で一番ウケたのは、この瞬間だった。

俺が何か言おうとするのを遮るように、綾香が「はい！」と手を挙げて、立ち上がった。

「センセ、わたし、ボクシングやってみたいんですけど――教えて頂けませんか？」

「え？」

女子がボクシングするなんて、俺を舐《な》めてるのか。こいつ、まじめに言ってるのか？

封じ込めたはずの過去が一瞬よぎる。ボクシングは相手と本気で殴り合いをして、時には互いに血を流すこともある。

悲惨な事故につながることもある。好奇心に駆られて、遊び半分でするスポーツではない。

想定外だった。「女子がボクシングをする」「女子を教える」なんて考えたこともなかった。だが、今、浮かれきった綾香たちにその危険性や自分のことを説明しても理解しないだろう。

「あ、とにかく、今、授業中だから……あとでな」

ようやく授業を始めた。

放課後、職員ロッカーの奥底にしまった、古びた青いグローブとミットを取り出した。それは、俺が忘れたくても忘れられない、ある事件の証だった。あの日を忘れないために、ずっと肌身離さずにいたものだ。今日の初登校でも、こっそりと鞄の奥に忍ばせていた。

あの日、誰も俺を責めなかった。それがかえってきつかった。

これまで決してグローブを付けないことを自分に戒めていた。いわば俺のラスト・グローブだ。

やっぱり、ボクシングを教えるのは無理だ。だが、綾香の申し出を無視するわけにもいかない。グローブを触らせれば、気が済むだろう。

そのグローブとミットを持って、綾香と約束した昇降口に行った。

校舎の西側にある昇降口には、どうしたわけか大勢の一年生がいた。その数、十八人。階段や通路まで溢れている。

不思議そうに見回す俺を見つけて、綾香が手を振った。

「センセー！」

彼女によると、声を掛けたら、なんとその十八人全員が「ボクシングをやってみたい」と集まったらしい。こんなにいるのか。断りにくい……。

その時、綾香が、俺の持っているグローブとミットに目を留めた。

「それ、ボクシングの道具ですか？」

「あぁ……」

グローブを手渡すと、綾香は目を輝かす。

「うわあ、これが！」

「すごい、かわいい！」

「うん、かわいい、かわいい！」

みんな、口々に喋り出した。

グローブが、かわいい!?

わけが分からなかったが、生徒たちは次々と興味深そうに手に取っていく。

誰かが、ふとグローブの臭いを嗅いだ。

「すごい臭い！」

「どんな？」

「汗が腐ったような――」

「どれ？　うわあ……ドブみたい」

しかめっ面を浮かべている。文句言われてもな……言い訳のしようもなく取り返そうとしたが、気づけばがっちり体型の子がミットを構え、綾香がグローブを手にはめている。

「ミットにこうやって打ち込むんですね？」

「ああ、それがミット打ちだ」

「ミット打ち！　やってみたーい」

「うちもやりたーい」

困惑する俺をよそに、またみんなが一斉に喋り始めた時、学級委員の七海が「本田先生は赴任したばかりだから、自己紹介しよう」と言い出した。

「じゃあ、まず、言い出しっぺの綾香から」

七海に指名されて、「え！」と軽く抗議しながらも、綾香は嬉しそうに喋り始めた。

「一年Ｂ組、阿部綾香です。『新しい先生がいらっしゃる』って、父から聞いて楽しみにしていました」

ごく最近決まった俺の赴任を知っている、というのはどういうことなのか。俺の怪訝な顔を見て取ったのか、綾香がすぐに言った。

「うちの父、館林に昔からある造り酒屋をやっていて、PTAの会長なんです」

七海がすかさず解説する。

「綾香の家は、二百年続く老舗《しにせ》『阿部酒造』です。その一人娘なので、綾香は、正真正銘の〝お嬢様〟ってわけです」

七海は綾香の隣にいる凛に「凛の番だよ」と目配せした。

「一年B組、鈴木凛です――」

凛はそう言ったきりうつむいた。朝、アカマツの木の下で会った時と同じだ。何を言うべきか考えて黙ってしまう。

綾香が助け舟を出した。

「凛は中学時代からバスケ部で、バスケ部に入るつもりだったんですけど、無理やり連れてきてしまいました。凛とわたしは、中学も一緒で、家も近いので大親友なんです」

凛はほっとしたように頷いた。綾香という強力な友だちがいることから考えると、彼女はいじめられたりということもなさそうだ。内気で多感な子なのかもしれない。

「えっと、じゃあ次は、わたしね」と、目鼻立ちが整ってすらりとしたモデル体型の美少女が話し始めた。みんなと同じじゃぼったい制服なのに、妙におしゃれに見える。首元にシルバーのネックレスがのぞいていて、ここの誰よりも大人っぽい。

「近藤《こんどう》茉莉花《まりか》です。顔が太りやすいのが悩みの種なので、ボクシングでダイエットしたいんです」

「『館女』には、ミスコンはないんですけど、あったら間違いなく茉莉花は、『ミス館女』です」と、七海が説明した。そこへ、野太い声が割り込んできた。

「茉莉花は、それ以上、もてなくていいっしょ」

がっちり体型で大柄の子だ。腕も足も、太く短くたくましい。食欲旺盛なのか、先ほどから、ずっとあんパンをぱくついていた子だ。

「如月《きさらぎ》美紗緒《みさお》です。柔道初段です。うちは、駅前でうどん屋『如月』をやっていますので、よかったら食べに来てください。おすすめは、カレーうどんです」

十七人が自己紹介し終わると、小説の単行本を小脇に抱えた知的なめがね美少女の七海が、満面の笑みで締めくくった。

「マネージャー志望の吉瀬七海です。読書が趣味です。で、先生、みんな、週一ぐらいで、どうかって」

「え？　ああ……」

俺は、十八人の名前と顔を懸命に記憶しようとしていたが、七海に急に振られて、我に返った。そこへ、綾香がきっぱりと言った。

「わたしたち、こんな何にもない田舎の街で退屈しきってるんです。先生と、新しいことがやりたいんですよ！」

「ちょっと待て。今日は、まだ教えられないんだ。学校の許可もいるし、俺も、ちょっと覚悟が……」

「覚悟って何ですか？」

七海が、目をキラッと光らせて聞いてくる。

「その、ま、いろいろ……とりあえず、今日はこれで解散にしてくれ」

内心焦ったが、どうするか、保留にした。

困ったな。こんなはずじゃなかった……。


職員室に戻ると、仕方なく生徒から「ボクシングを教えて欲しい」と言われたことを校長と教頭に明かした。秘密にしても、彼女たちなら他の先生などに言い出しかねないと考えたのだ。そうすると、自分は無視したことになり分が悪い。

そらまめのようなしもぶくれの校長は、薄くなった髪をきれいに七三になでつけていた。女子校の校長らしいおっとりした生真面目な人柄に見えたので、当然反対されると思ったが……。

「生徒が自主的にやりたいと言い出したことは、できる限り応援したいですね」

意外にも賛成した。か細く銀縁眼鏡の教頭も「女子のボクシングというのは希少性があるので、学校としても一つの特徴になって有り難いです」と言い出したのだ。伝統ある公立高校とはいえ、少子化の昨今、生徒を集めるための工夫は必要ということか。

「本田先生が教育委員会に提出した経歴書を拝見しましたよ。ライセンス資格をお持ちなんですから、週一回の練習ぐらいなら、おつきあい頂けると嬉しいです」

そう言うと、教頭はにっこり微笑んだ。

なんで、そんなことを覚えているんだ？　いや待て、教頭は俺が前任校でボクシング部の顧問をしていた過去を知っているのかもしれない。だとすれば、あの事件のことも……。一瞬、どうしようかと思う。だが、教頭はそのことは知らないようで、他意なく微笑み続けている。

ほっとしながらも、「万が一、生徒が怪我するといけませんし」と俺が言うと、「高校ボクシングって、そんなに危険なものですか？　各校の現状を調べてください。でも、ぜひ前向きに考えてみてください」と言われた。

赴任早々、気の重い宿題が出てしまった。


その夜、「りょうもう号」の終電に乗って北千住に着いたのは、二十二時頃だった。帰宅すると疲労困憊《こんぱい》だった。二年間求職中ではあったが、半分ひきこもりのような生活だったこともあって、身体もなまっていたのだろう。初めての女子校、久しぶりの授業、そして「当分、関わることはないだろう」と思っていたボクシングのこと。心身ともに、ぐったりしていた。

父や兄はとっくに自分の部屋に引き上げていたので、薄暗い台所で、帰り道に買ったコンビニ弁当を電子レンジで温めた。自室でそれをつつきながら、缶酎ハイをあおると、一気に眠気が襲ってきた。教頭に命じられた宿題を調べなければと思いながら、いつの間にか、ベッドに入って眠っていた。

はっとして目覚めると、夜中の二時だった。慌ててインターネットで女子校のボクシングについて調べ始めた。共学校には何校もあったが、女子校でボクシング部のある学校は、日本中どこにも確認できなかった。同時に高校のボクシング部の活動で大きな怪我や事件が起きたという記事もなくて、肩の力が抜けた。

ふと、初めてボクシングに触れた時を思い出していた。あれは中学の時だ。

隣校の不良と喧嘩をした時、やられても向かっていったが、俺の拳《こぶし》は相手にかすりもしなかった。こてんぱんだった。その不良がボクシングをやっていたことをあとで知った。「ボクシングってすごいな」と思っていた時、どうにか入学できた高校にボクシング部があった。迷わず入部し、そこから人生が百八十度変わった。

俺の行った私立高校は共学だったが、もちろん女子の部員はいなかったし、十五年前、女子高生がボクシングをするなんて考えられなかった。その後、男子校の指導者としてボクシングには関わっていたが、女子選手というのは、〝特別〟だった。部活動でボクシングを始める女子は皆無で、格闘家家族などの一員で、幼い頃からボクシング・ジムに通っている、ごく稀有《けう》な存在だ。

調べると、俺が高校を卒業した年に、「全日本女子アマチュアボクシング選手権大会」

の第一回が行われていた。しかも、「演技の部」と「実戦の部」というのがあるらしい。「演技の部」は、シャドーボクシングをさせて、構えやフットワークを採点する。空手でも「型の部」がある。そんなものだろうか。

インターネットで検索するうち、アマチュアボクシングの「演技C級」の動画に行き当たった。二分間シャドーボクシングをしたり、サンドバッグに決められたパンチを連続して当てたり、腕立て伏せ・腹筋・縄跳びをしたりしていた。縄跳びというのは、ボクシングの基本中の基本だ。それが縄にひっかかったりしている。

ゆったり、まったり、「演技」をする女子たちを見ているうちに、これなら怪我は少ない気がした。百歩譲ってあの「お嬢さん」たちでも大丈夫だろう。

しかし、男子に比べ、女子ってなんて力がないんだろう。瞬発力やスピードもない。物理的に言えば、エネルギーは、「力×速度」だ。軽くてのろいパンチでは何発食らっても、ノックアウトされることはない。しかも、二分間のうちに彼女たちの動きは明らかにパワーダウンしていく。ボクシングは粘り強い持久力も必要だ。はっきり言って、女子には向いていない競技だ。なのに、彼女たちはなんでボクシングがしたいんだ?

動画の中では女子ボクサーたちがゆるいパンチを繰り出していた。

翌朝、昨日よりも早く館林に到着した。あのまま動画を見たり調べたりしているうちに、眠れなくなったのと、校長が紹介してくれた候補物件を見ておくためだった。前日、アパートを探していることを告げると、親切にも校長は知り合いの不動産屋に連絡してくれた。不動産屋からメールで届いたリストをスマートフォンで見ながら、その場所を目指して歩いていた。

早朝の空気は相変わらず冷たい。眠気も吹き飛ぶほどだ。

裏道に入った時だった。猫の鳴き声を聞いたような気がした。

見上げると、そこは、「歌声喫茶・だんらん」の看板のかかる一軒家だった。木造瓦屋根の一軒家はどう見ても人が住んでいるようには見えない。

リストによれば、その裏に候補物件のアパートがあるらしい。裏手に回ると、一メートルほどの低い木の門扉があって、半開きになっていた。

「ミャウ、ミャウ……」

はっきりと猫の声が聞こえてきた。声は廃屋《はいおく》の門扉の奥から聞こえてくる。猫の姿は見当たらないが、気になって探してみた。

「ミャウ、ミャウ……」

と、手のひらほどの大きさの、生まれたばかりらしい子猫が門扉の下から顔を出した。グレーの子猫だ。それに続いて三毛の子猫が現れた。そして、もう一匹、グレーの子。

最初に顔を出した子猫は「ミャ……」と鳴き声を上げると、背後から引きずられるように門扉の奥に消えた。突然のことに驚いたが、門扉の陰に誰かいるのだと分かり、その中を見下ろす。

そこには、「館女」の制服を着た女子高生がグレーの子猫を抱いてうずくまっていた。

凛だった――。

凛は、俺には全く頓着《とんちゃく》せず、子猫に声を掛ける。

「出たらだめじゃん。危ないじゃん」

彼女は門扉の下をくぐって外に出ようとする子猫たちを中に引っ張り、ダンボール箱に戻す。だが、子猫は五匹いるので、いつの間にか、また別の子猫が這い出て、門扉から外に出ていく。

凛は猫には話しかけるんだ――彼女と子猫の格闘を見ながら、微笑ましい気分だった。

そのうち、グレーの子猫が足元にやって来た。ふわふわのグレーの毛は、まさに「猫っ毛」だ。産毛《うぶげ》そのもので、触るともふもふして柔らかい。今にもなくなってしまいそうだ。頼りない背中をそっと撫でると、子猫の体温の温かさが伝わってきた。

「先生、猫、好きなんだね」

凛は俺の目を見ないで言った。凛が初めて話しかけてくれた。それだけで、彼女に近づいた気がした。

「ここ、鈴木ん家か？」

凛は、子猫を抱いたまま、首を振った。

「この子たち、一昨日、生まれたみたいなんだけど、親猫がいないみたいで」

口数の少ない凛の言葉を要約すると、「歌声喫茶・だんらん」は、凛が知る限り空き家らしい。一昨日、空き家の庭で出産したものの、親猫は事故にでもあったのか、姿が見えない。気づいた凜が段ボール箱の住みかを作り、ミルクをやって世話をしているというのだった。

俺は飽きずに子猫を撫でていたが、凜が打ち解けている風だったので、思い切って聞いてみた。

「あのさ、昨日、アカマツのところで、なんで――」

凜は答えたくなかったのだろう。突然立ち上がって、「遅刻する」と言い出した。

「え？」

気づけば授業開始まであと十分しかない。歩けば二十分はかかるところだ。

凜は五匹の子猫をそっと段ボール箱に入れた。子猫が出ないように、けれど呼吸はできるように箱のふたをあまめにしめた。

「走るぞ」と声を掛けると、凜は首を振った。凜はそこに停めてあった赤い自転車にまたがった。

赴任二日目に遅刻するなんて、最悪だ。自転車なら早く言えと言いたかったが、とにかく走り出す。なんで猫の声なんかに気を取られたんだ？　自分を呪いながら走っていると、凜は鮮やかに追い越して行った。自転車を立ちこぎしながら、スピードを上げていく。颯《さっ》爽《そう》とした凜の後ろ姿は、彼女の運動神経の良さを物語っていた。

なんとか一時限目の授業に間に合った。

無事その授業が終わったことに、ほっとして、職員室に戻ると、一年B組の綾香、美紗緒、七海、凛がやって来ていた。「ボクシングの練習の件は、どうなったか」という猛プッシュだ。と言っても、もっぱら喋るのは綾香と七海で、凛は、綾香たちの後ろにいるだけで、全く喋らない。

「ボクシングって、全然楽じゃないよ。苦しい練習ばっかだよ」

やんわり水を差してみたが、綾香たちは全くくじける様子がない。もっと強く出ることにした。

「みんな、本気でボクシングがやりたいの？　高校生のボクシングはヘッドギアを付けるけど、殴られたら痛いんだよ。分かってる？　だいたい、みんなボクシング見たことある？」

試合を生で見たことのある子は誰もいなかった。美紗緒が、格闘技好きの父や兄とテレビで観戦したことがあるだけだった。

「面白半分でやるスポーツじゃないんだ。ボクシングは神聖なスポーツなんだよ」

俺の言葉に綾香たちは、「じゃ、勉強してきます」と、全然めげずに、職員室を出て行った。

その一部始終をチラリチラリ見ていた教頭が、俺のデスクにやって来た。前日教頭に出された宿題を報告する羽目になった。調べた限りでは、女子校でボクシング部がある学校はなく、女子ボクシングの「演技の部」については、怪我の可能性は少ないことを伝えた。

「じゃあ、決まりですね」と教頭は嬉しそうに手を擦《す》り合わせた。

それでも、怪我が心配です、と俺が強調すると、教頭は「そうですか」と言って、首を傾げて何か考えている。

教頭の沈黙が何を意味するのか、思わずつばを飲み込んだ。ゴクリと大きな音をたてたような気がした。

二年前のあの事件のことを言うべきかもしれない、と思った途端に、全身が強張った。しかし、赴任早々、要らぬ告白をして誤解されれば、職を失うことになる。また、いつ就職のチャンスに恵まれるか分からない。ずるいけれど、このまま黙っている方が賢明ではないか。だが、黙っていてあとで分かったら、それこそその時に信頼を失う。どうするか。

どうする？　言うか、言わないか。自分に問い続けた。心臓がトクトク鳴って、息が上がってきた。

脳裏にはリングに倒れていく少年の姿が蘇った。

やはり、言わなければならない。観念した俺が、「実は……」と言いかけた時だった。

休み時間の終わりを告げるチャイムが鳴った。

「いいじゃないですか。前向きに検討してください。学校側としては応援します」

教頭はにっこりそう言うと、去っていった。外堀と内堀を埋められたような気がした。

だが、なんとかして時間を稼いで、彼女たちにボクシングを教えないで済む方法を探ろうと思った。先送りというやつだが、ほかにいい知恵が浮かばなかった。

夕暮れ時の館林は、足立区育ちの自分にとって信じられないほど暗い。「歌声喫茶・だんらん」の裏手にあるアパートに引っ越して一週間が過ぎた。目まぐるしい毎日で赴任第一週の記憶はおぼろげだった。

ボクシングの件はのらりくらりかわし続けていた。放課後は会議やら次の日の授業の準備に追われていたし、なるべく綾香たちに見つからないように学校をさっさと後にした。

その日、駅前のコンビニに寄って、弁当を買ってから家に向かっていた。また、猫の声がした。門扉の向こう側を覗くと、凛がグレーの子猫にミルクをやっていた。出席簿の凛のところに毎朝遅刻のマークがついていて、気になっていたが、彼女の姿を見て、凛は登校前に必ず子猫たちの面倒を見ていたから遅刻していたのだと気づいた。

凛がそうやって面倒を見ていたにもかかわらず、四匹の子猫がどこかに行ってしまった。グレーの子猫が最後に残った一匹だという。名前は「フワフワ」。

家で飼えばいいのに、と言うと、凛はうなだれた。

「家、ペット禁止か？」

「アパートは大丈夫なんですけど――」

凛は首を振りながら、つぶらな瞳を伏せて、瞬《まばた》きをしては前髪を引っ張る。またしても涙し始めるのではないかと不安になった。言いにくそうにしていた凛がようやく絞り出すように言った。

「――うちの母親、猫が嫌いなんです」

「でも、娘が『飼いたい』って言えば、猫ぐらい……」

凛は首を傾げると、また押し黙った。母親が猫嫌いだからといって、親に遠慮しているのか。自己紹介すら口ごもるようなシャイなやつだから、親にすら自分のしたいことを言えないのかもしれない。

「お父さんに頼んでみたら？」

俺の言葉に凛は即座に答える。

「父は、失踪していないんです。一応、離婚したことに……なってます……」

「そっか……悪いこと聞いちゃったな」

凛は「そんなことはもう慣れました」とでも言いたそうな様子で、無造作に首を振った。

「もしかして――『猫を飼いたい』って、お母さんに言えないのか？　言ったこともないのか？」

そう聞いた瞬間、凛は目を見開いた。それから、まっすぐにこちらを見つめる。いつも目を伏せて人の顔を見ることがないのに。

「……なんで、分かったんですか？」

似ている――こちらの真意を量る凛を見ながら、自分自身の少年時代を重ねていることに気づいた。

「――俺も、そうだった……」

急速にしょっぱい少年時代が蘇ってきた。

生まれてすぐ母を亡くし、幼い頃、放っておかれた俺は、勉強も運動もできなかった。学校では、誰にも理解されない典型的ないじめられっ子で、劣等感のかたまりだった。

「何かしたい」という強い気持ちはなく、家でも学校でも、怒られないように、目立たないように、ひっそり生きていた。

小学四年の時、道端で白いオスの子猫を拾った。

ランドセルを背負った俺の後をその猫はチョコチョコついてきた。子猫を抱き上げた時、温かくて腕の中で低い声で喉を鳴らすそいつが、本当にかわいかった。手放したくなかった。

飼いたかったけれど、当時住んでいた社宅ではペットを飼えない決まりがあった。「飼いたい」と親に頼むことすらしなかった。その代わり、黙って社宅の倉庫に猫小屋を作って、そこで飼うことにした。すぐに秘密はばれて、父親にこっぴどく怒られた。

あの時、俺が「猫を飼いたい」と言えなかったのは、社宅の決まりがあるからではない。自分の願望を父に即座に否定されるのが怖かったのだ。めったにやりたいことなんかなかった。「やりたい」と口にすることもなかった。家族の中でとびぬけて出来の悪い俺が、たまにやっと言ったことを、父や兄に全否定されると、自分の存在すら否定されたような、やりきれない気分になった。それをうまく言葉で表現することもできなくて、悔し涙を流すしかなかった。

その瞬間、凜がアカマツの木の下で泣いていたのは同じようなことがあったからじゃないかと気づいた。凜が母親に猫が飼いたいことすら言えない自分を持て余していたからじゃないか。

「こないだ、アカマツのとこで……あれ、言いたいことがうまく言えなくて、悔しくて……言葉に詰まって、涙になったんだろ?」

凜の目に涙がみるみる溜まっていく。黙って頷いた。

親友の綾香に流されて、昇降口にやって来た凜は、俺だった。

母親に「猫が飼いたい」と言えず、アカマツの木の下でそっと涙する凜は、俺だった。

気づけば言葉が先に出ていた。

「俺もそうだった。やりたいことをやりたいって言えなかった。けど、俺、ボクシングを始めて、いい意味でも悪い意味でも人生が変わったんだ……誰かが言ってたんだけど、人の人生ほど奇跡を起こせるものはないんだ――」

凜が顔を上げて、こちらを見つめる。

「本当に、おまえ、ボクシングやってみるか?」

凜は返事をしなかった。何を考えているのか、分からなかった。凜は無言で礼をすると、フワフワを箱に戻して、自転車で去っていった。

翌日、俺は一年B組の担任教師に凛のことを聞いた。

製薬会社の営業マンだった凛の父親は、地元の医院に来た研修医の女性と深い関係になり、四年前、この街から失踪した。スキャンダルのない小さなこの街で、それは誰もが知る出来事だが、看護師をする凛の母親はいまだにその医院に勤め、女手一つで彼女を育てているという。

そういうわけもあって、母親は凛を必要以上に厳しく育てたのかもしれない。結果、彼女は優しいが、自信を持てず引っ込み思案な性格になったらしい。


凛の家の事情を聞いたその日の帰り道、フワフワを探していた。

またフワフワが行方不明になるのではないかと、気になっていた。俺の住むアパートはペット禁止だったが、無視して自分で飼ってしまおうと思ったのだ。

すると、凛が呆然と「歌声喫茶・だんらん」から出てきた。どこを探しても、フワフワがいないのだという。

俺たちは日没まで必死でフワフワを探したが、ついに見つからなかった。

凛は、早く母親に猫を飼いたいと懇願していればいなくなることはなかった、と後悔していた。

自分もフワフワを飼う気でいたことを告げると、凛はうなだれた。お互い口にはしないが、フワフワが誰かに拾われて幸せに過ごしているとは思っていない。事故にあったか、ほかの動物に殺されたのだろう。凛はうつむいて、ポロポロと涙を流した。張りのある彼女の頬を幾筋も涙が伝わっては落ちていった。

「鈴木、本当に、ボクシングをやってみたいか？」

なんとか励ましたかった。凛に自信をつけてやりたかった。自分がボクシングに出会って、一歩ずつ階段を上り人生が次第に変わっていったように、「人生は変えられる」ことを教えてやりたかった。

泣いていた凛の体がピクッと止まった。いつも自信なさげに瞳が揺れ動くのに、今日の凛は、まっすぐに俺を見て言った。

「ボクシングをやってみたいです……わたしも、変わりたいです」

人を殴りたいとすら思ったこともない凛は、そんな自分が人と闘えば、きっと変われるし、格闘技嫌いの母が反対しても、それを押し切ってでもやってみたいという。何かが吹っ切れたのか、声の調子もしっかりしてきた。

「母に『ボクシングがやりたい』って言ってみます」

そして、凛の母が許してくれたら、俺が本当に教えてくれるのか、と尋ねた。

その瞬間、外堀も内堀も埋まり、城門の鍵までこじ開けられたような気がした。「城を明け渡すしかない」――腹を括って、避けてきたことに向き合うしかない。どうしたら克服できるのか分からないが、いつか越えなければならない障壁なのだ。

俺はしっかり頷いていた。

翌朝、アパートから学校に急ぐ俺の前に、凛が自転車で現れた。思い切って凛がボクシングのことを打ち明けると、なんと、凛の母親が賛成してくれたという。口数少なくそのことを伝えると、颯爽と自転車で走っていった。

その日、俺は週一回、昇降口で凛たちにボクシングを教えることを告げた。ボクシングから尻込みしていた俺も一歩だけ歩いてみることを心に決めたのだった。

第2章

初練習の日は、どんよりと曇り、今にも雨が降り出しそうだったが、昇降口には体操着の緑色のジャージを着た十八人が俺を待ち構えていた。

綾香たちは初めてのボクシングの練習に胸を高鳴らせている。自分自身は二年ぶりの練習だ。心の底にある不安に目をつぶるようにして、気持ちを奮い立たせる。

と言っても、あまり本格的な練習にしたくはない。道具もないので、グローブの下に付けるバンテージの代わりに軍手を使おうと思っていたが……。

「はい、一人千五百円」

しっかりもののマネージャーの七海がインターネットで人数分を格安で購入していた。新品のバンテージを手にした綾香がさっそく催促する。

「センセ、レクチャー、レクチャー」

挨拶と礼から始めるはずが、その巻き方を教えるところからのスタートになった。

「バンテージは、手や手首を怪我しないようにするためのもので――」

包帯のように巻かれた先端を親指にかけて巻いていく。それをみんなが真似をする。男子だと、とんでもなく不器用なやつがいて、ゆるゆるですぐに解《ほど》けたり、血の巡りが悪くなるほどぎゅうぎゅうに巻いたりする。さすが女子は器用だ。バンテージの巻き方をすぐに覚えた。きれいに巻けたことに満足して、互いに見せ合い、うっとりしている。なかなかかわいらしい。だが俺に余裕があったのも、そこまでだった。

親指以外の指を握り、ゆるく親指をかぶせる拳の握り方を教えると、ひときわ美しくバンテージを巻いた茉莉花が悲鳴を上げた。身長百六十八センチメートル、体重四十八キログラムのモデル体型の彼女は、凝ったネイルをしていた。「館女で一番おしゃれ」という噂どおり、その長い爪には、てかてかに光った「ジェルネイル」でラインストーンが埋め込まれていた。だから、拳を握ると爪が手に食いこんで痛いのだ。

「長すぎるんだ、切って来い」

「爪は、女の命だもん」

「その爪じゃ、一生グローブはめられないぞ」

茉莉花はぶうっとふくれっ面になると、こちらを睨みつけた。

その剣幕に、「まあ、今日は、基礎練だからそれで大丈夫だよ」と言っていた。

男子と違って、女子は扱いが難しい。独自のこだわりがそれぞれ強いのか、こちらの意図とは全く思わぬところで傷ついたりする。体力的にも思った以上の違いがあるようだ。

準備運動とストレッチをした後、体を温めるために縄跳びをすると、ほぼ全員が幼稚園のお遊戯みたいな飛び方になった。飛ぶたびに一回一回地面で休む。そんなに身体が重いのか。ペッタンペッタンすごい音を立てる。

凛だけは身軽に飛んでいる。少しほっとしながら、片足跳び、二回跳びの見本をやって見せた。

「すごーい！」と、生徒たちは拍手喝采。縄跳びぐらいでこんなに拍手されるなんて。

その時、縄跳びの持ち手を持ち、顔を真っ赤にしたまま、棒立ちしている子に気づいた。

「どうした？　えっと君は――」

「小川春花《おがわはるか》です」

日本人形のような前髪パッツンの春花は、背が低くて、痩せすぎ。見るからに筋肉がない。女子のアマチュアボクシングは体重によって、十三段階の階級に分かれているが、そのうち、四十六キログラムまでの最軽量を「ピン級」という。彼女は間違いなく「ピン級」だ。

「どっか、怪我してるの？」

「いえ」

「どっか、痛い？」

「いえ」と言ったきり、依然前方をまっすぐに睨んだまま動かない。

じっと見られて、飛ばないといけないと思ったらしい。

「えいっ」と声を上げて飛んだ。

飛ぶタイミングと全くずれて回った縄が春花の足にぶち当たる。

「――あ、イテ」

縄が当たってから「痛い」と言うまでにかなり時間がかかった。どう見ても春花は生まれてから一回も縄跳びを飛んだことはない。こんな子がどうしてボクシングなんかやるんだ？

「徐々にやろう。徐々に、な？」

自分でも意外なほど優しい言葉を掛けていた。それでも、一人一人ができるまでにこだわると、グローブをはめるまでに下校時間が来てしまう。次の練習にかかろう。

「じゃあ、今度は腕立て伏せだ」

俺は胸に下げていた笛をピーッと吹いて宣言した。

「腕立て伏せだって……!?」

「できるかなあ……」

綾香と茉莉花の会話が耳に入ってくる。どういう意味だろう。だが、彼女たちの行動は想像をはるかに超えていた。

綾香たちはフェイスタオルを地面に敷き、その上に手をついた。昇降口の地面はアスファルトで、土や砂ぼこりが溜まっている。それが新品のバンテージを巻いた手に付くと汚いし、痛いと思ったのだろう。しかも、力がない彼女たちは体を支えきれず、ヨガの三角のポーズのように腰を上に突き出して、必死の形相だ。

「もっと背中から足まで一直線に伸ばして。いーち、にー」

掛け声を掛けるが、その体勢のまま腕を曲げようともしない。どういうことなんだ？

「もっと腰を下げて」と、茉莉花の腰を、ミットをはめた手で押し下げた。

「触った……セクハラ！」

茉莉花に心外そうに言われて驚いた。全くそんなつもりはない。

不思議なことにボクシングを教えるとなると、全然彼女たちを女性として意識しないでいられる。一方、彼女たちは俺をからかおうという小悪魔的な気があったのかもしれない……。

「センセ、腕立て伏せって、どうやってやるんですか？」

突然、茉莉花の隣で腕をぶるぶる震わせている綾香が吐き出すように言う。真面目に聞いているらしい。

「どうやってって、そこから腕を曲げる」

「無理です」

「無理でも曲げる！」

綾香は真っ赤になって食いしばる。

「できるようになる！　できると思わなければ、できるものもできない！」

綾香は腕を曲げようとして、そのまま地面に潰れた。立ち上がると、ジャージに付いた土ぼこりを払い、「最近、ケータイより重いモノ、持ったことないですもん」と、自主的に休憩を始めた。

七海がプラスチックのコップに水を入れてみんなに配る。ずいぶん手回しがいい。生徒たちは、「もったいないから」とコップを使い回せるように、マジックでおのおの目印の文字やイラストを描き始めた。なかには小学生のトイレの落書きのようなマークもある。

「腕力もだけど、腹筋も足りないんだ」

綾香たちが喉を潤している間に、腕立て伏せのコツを説明したが、この時点で俺の言葉に耳を傾けているのは、凛ぐらいだった。いっそ雨が降ってくれれば練習を中止にできるのだが、重たい雲が立ち込めたまま雨が降ることはなかった。


マイペースな彼女たちは合間を見つけてはおしゃべりを始める。

「トロコ、あんた、中学の時何部だった？」

人一倍トロくて、基礎練でもみんなの足を引っ張っていた春花には、早くも「トロコ」というあだ名がついていた。

「柔道部」とトロコが言うと、一同は、「え、本当に？」と聞き直した。

「でもねえ、練習初日に、受け身で右肩を骨折して……」

トロコは事もなげに言った。

「治るのに半年かかったから、ろくに練習に参加できなくて……しかも、二年生になって、今度は左肩を骨折したんだ」

彼女はきっと柔道をしなくても怪我するようなやつなのだ。こちらが万全を期しても、自分から穴に落ちていくような不運極まりないやつ。

思わぬ落とし穴を見つけたような気がして、トロコに言っていた。

「頼むから、怪我のないようにな」

「はい」

トロコはまっすぐにこちらを見て答えた。今日の練習は基礎練中心にして、怪我しないように何度も頭の中でシミュレーションしたものだ。だが、最後のメイン・イベントが残っている。トロコよ。必ずその言葉を守ってくれ。

「いいか、ミット打ちする時、ナックルパートと呼ばれる、拳のこの部分をなるべく平らにしてパンチする。左、右、左、右……」

左ストレートと右ストレートをやって見せると、「やっとボクシングらしいことをする」と思っているのか、俄然、みんなの目が輝く。交代でグローブを付けさせて俺の構えるミットに打ち込む。

綾香には力がない。だが、フォームはきれいだ。

「バランス感覚がいいな」

「小さい頃から、バレエをやってますから」

得意そうだが、「ボクシングは、漫画すら見たことがありません」と言う。イメージがないせいか、超スローだ。パンチの音も「パスン」と何とも頼りない。

一体これはなんだろう？　ボクシングなんだろうか？　男子を教えていた時には味わったことのない無力感に一瞬引きずられそうになる。だが、怪我がないことが大事なのだ。

自分を納得させて、ミットを構える。凛はかなり身軽だし、重量級の美紗緒のパワーはなかなかだ。何より全員がパンチを打つという人生初の体験に興奮し、かつて味わったことのない充実感を覚えたようだった。

収穫はあった、見どころはあった。

無理やり自分を納得させて、練習初日を終えた。


翌朝はよく晴れていた。爽やかに風が駆け抜け、新緑が目に眩しい。

昨日の練習もつつがなく終わり、ひと山越えたような、一段落ついたような安心感があった。

そこへ登校してきたトロコを見て、目を疑った。右手首に白い包帯を巻いているのだ。

「どうした?」

「なんか、捻挫《ねんざ》しちゃって……」

「え?」

昨日はミット打ちしかしていない。プロボクサーがそのパンチ力の強さゆえに拳を負傷することはあるが、トロコのパンチは到底《とうてい》捻挫するような力ではない。握力が弱すぎるせいなのだろうか?

「おまえ、大丈夫なのか?」

「はい……お医者さんでも『こんなんで捻挫するかねえ』って言われちゃいました」

ミット打ちで手首を捻挫するなんて、男子ではあり得ない。凛のためにも、俺自身のためにも、覚悟を決めて臨んだボクシングの練習だった。だが、練習初日に捻挫だなんて……。始めたばかりだが、もうこれで終わりかもしれない。

当のトロコは「来週の練習も見学したいし、治ったらすぐに練習に参加したい」とニコニコしている。柔道で二回も大きな骨を折ったツワモノだからか、心は全く折れていない。それ以上痩せない方がいいという外見にもかかわらず、「少しダイエットになりました」と嬉しそうに言う。

「みんなも、ただでボクササイズが習えて、ダイエットにもなるって、喜んでます」

彼女の言葉が半分も耳に入らなかった。やはり、教頭にトロコの捻挫のことを報告しなければならない。

重い足取りで職員室に入ると、その教頭が、俺を待ち構えていた。

「本田先生、ちょっといいですか？」

教頭は俺を校長室に連れて行った。新任の挨拶で訪れてから入っていなかった部屋だ。百年近い歴史を持つ伝統校の、歴代校長の写真が額縁に入れられて飾られている。誰か有名卒業生からの贈り物らしい、「清く、優しく、美しく」と達筆で書かれた掛け軸がある。六人がけの革のソファセットは地元の名士が座るような重厚なものだ。

そのソファに綾香と七海と凛が、三人の反対側に校長と教頭が座っていた。教頭が隣に座るように顎で促した。動揺を隠してソファに座った。ふかふか過ぎて身がのけ反りそうになる。

校長はそんな俺に全く構わず、にこやかに言った。

「本田先生、朝からすみませんね。彼女たちに直訴されてしまいまして」

「直訴……！」

綾香は落ち着きはらっている。すでにトロコの怪我のことを報告したのだろう。

なぜだ？　なぜ、いつも俺を窮地に陥れる？　あの怪我は特殊なものだと説明しなけれ

ば。

「怪我のことは……」と話し始めた時、校長が遮った。

「それは伺いました。部活動や授業でどんなに万全を期しても怪我することはあります。

仕方ないんじゃないですかねえ。それはそれとして、阿部さんたちは本田先生にお願いが

あるそうなんですよ」

校長の言葉を受けて、綾香が自信たっぷりの笑顔で頷く。

「わたしたち、知ってしまったんです――」

「な、何を――!?」

いやな予感がした。まさか、あのことか？

それとも、また何か思いついたのか？　この綾香というお嬢様が何かを思いつくと、と

てつもないことがすんなり通ってしまうのだ。俺の揺れる気持ちを見透かしたように綾香

がよく通る声で言った。

「『全日本』です。わたしたち、『全日本』に出たいです!!」

「えっ。『全日本』!?」

綾香の言う「全日本」というのは「全日本女子アマチュアボクシング選手権大会」。高校生、大学生、一般の大人も全部混じって階級ごとに勝敗を決する大会だ。「全日本」でチャンピオンになり、「アジア選手権」で勝てば、オリンピックにも出られる。事実上、アマチュア女子ボクシングの日本チャンピオンを決する大会だ。

昨日、七海が塾でスポーツの名門、前園《まえぞの》学園ボクシング部には女子部員がいて、その「全日本」に出場していることを聞いたのだという。

埼玉県の前園学園といえば、「館女」にとって、目の上のたんこぶのようなライバル校だ。伝統を重んじる公立「館女」に対して、同じ私鉄沿線にありながら近代的スタイルを取り入れた私立新設校の前園学園は共学だが、特に女子の制服もかわいくておしゃれ。ダサくて、野暮ったい制服の「館女」ガールからすれば、絶対に許せない。七海が得た情報はすぐにスマートフォンで十八人に伝えられた。そして一夜のうちにみんなの思いは合致した。

つまり、「前園学園が『全日本』に出ている」と聞いた綾香たちは「わたしたちも『全日本』に出たい」と言い出したのだ。

「『前学《まえがく》』は、わたしたちのライバルなんです!」

「『前学』が出てるのに、『館女』が出ない、なんてあり得ないです」

「やっつけるしかないです！」

勇ましい綾香たちの発言に、校長も教頭もすっかり目尻を下げている。前園学園は校長や教頭にとっても叩きのめすべき最大のライバルなのかもしれない。

教頭が、俺の膝をトントンと叩いて言った。

「本田先生、打倒『前学』です」

熱にうかれた女子高生と、それに乗った前向きすぎる二人のオトナ。しばらく言葉が出てこなくて、押し黙っていた。

「先生、いかがでしょう？　『全日本』を目標とするのは？」

校長に促される。

昨日から週一回の練習を始めたものの、みんなまだ腕立て伏せすら満足にできない。

「全日本」では、高校生といえども、抽選で当たれば、ジムで鍛えたセミプロの一般参加者と闘うことになる。いくら女子ボクシングのすそ野が狭くとも、始めたばかりの初心者がオリンピック候補と相交えるのだ。無謀だし、怪我のもとだ。ボクシングの門外漢だからこそそんなことを考えつくのだ。率直に言うしかない。

「いやあ……ちょっと、無理じゃないですか――」

「どのあたりが？」

校長は人の良さそうな瞳をこちらに向ける。言葉を濁しても伝わらない。もっとありていに伝えよう。

「瞬発力も、持久力も、もっともっと鍛えないと、予選落ちするだけで、とうてい『全日本』なんて辿《たど》りつけません――」

「でも、先生もおっしゃっていたじゃないですか。『できるようになる！　できると思わなければ、できるものもできない』って。最初から諦めてどうするんですか」

綾香は全く怯まない。

「だけど、練習が足りないし。いくら君がフォームがきれいと言っても――あ……」そういえば、女子の「全日本」には「演技の部」と「実戦の部」がある！

いわゆる「実戦の部」と言われる試合形式に対し、「演技の部」は、ボクシングの技術と体力を「構え」「フットワーク」「打撃」「防御」「体力」「攻防と体力」の演技種目で競う。シャドーボクシング、腕立て伏せ、腹筋、縄跳びなどをして、審査員が採点する。

それに、「演技の部」には「実戦の部」ほどの細かい体重の階級がない。思春期の女性が厳しい減量をするのは好ましくないので、「演技の部」なら体重の管理も負担が少ない。

インターネットの動画で見る限り、ボクシング経験者の俺が見ても腕立て伏せや腹筋のどこをどう採点しているのかよく分からなかった。「演技の部」なら彼女たちも出られるかもしれない。

「『あ……』って何ですか？」と、七海がすかさず聞いてきた。

「いやあ……『演技の部』の方なら、怪我しないし出られるかも――」

「『演技の部』！　素敵！」と、綾香が目を輝かす。

「要するに、空手の型みたいなやつですよね？」と七海に確かめられて、頷いていた。

「いいじゃない！　演技！」

説明をよく聞きもしないでその気になっている。

「もっと、練習します――」

突然凛が口を開く。いつも寡黙な凛が発言したので、綾香たちは目を見張った。凛は続ける。

「もっと練習したいです……どれぐらい練習すれば、『全日本』に出られるぐらいになりますか？」

凛にまっすぐな目で見つめられて、つい言ってしまった。

「個人差はあるけれども……せめて、週三回、かな」

「『演技の部』でいいじゃないですか！　本田先生、そういう条件でいかがでしょう」

俺の言葉に教頭は飛びついてきた。

「はあ、出場は『演技の部』に限る、ということなら……」

「では、決まりですね。ボクシング同好会に、学校としてもできる限り協力します」

校長は何気なく「ボクシング同好会」と名前までつけていた。

「『全日本』に出られる」と綾香たちははしゃいでいる。みんなの熱意に突き動かされるまま、俺はまた一歩、ボクシングの方へ踏み出していた。

梅雨が明け、澄みきった夏空が広がっていた。その大空に負けないほど凛たちは生き生きと練習していた。彼女たちの元気に引っ張られて、俺もボクシング同好会のためその備品探しに奔走していた。提供された剣道部と卓球部にはさまれた体育館二階の練習場所には、所狭しとさまざまな用具が置かれていた。学校が購入してくれたグローブやサンドバッグ、体操部からもらった不要品のマット、自動車工場に勤める父兄から寄付してもらった大きなタイヤ。

さすがにリングは作れないので、工事現場などにある三角すいのコーンと、それにひっかけられる緑と白のバーを組み合わせて囲み、リングの大きさを作った。ロープはないが、リングの大きさが感じられればそれで事足りる。

ただ古い体育館の木の床はリングのマットに比べ弾力がなく、硬い。膝や足首を痛める生徒が出るのではないかと心配になったが、トロコの捻挫以来、幸い誰も怪我をしていなかった。

空調設備のない体育館で二階は特に熱い空気がこもる。壁に付けた小さな扇風機は、まるで役に立たない。だらだら汗が流れ、まるで蒸し風呂だが、手作り感満載の練習場所を生徒たちも俺も気に入っていた。

女子ボクシングの試合は基本的に一ラウンドが二分だ。一分のインターバルを挟んで、三ラウンド行う。そこで、練習も常に同じペースで行う。二分フットワークの練習をした後、一分休憩、そして二分シャドーボクシング、また一分休憩といった具合だ。予《あらかじ》めそのように設定したトレーニング用のデジタル時計を睨みながら、火曜日と木曜日の放課後の二時間半と土曜日の午後に汗を流すことになった。

ラジカセで音楽を流し、リズム感を養う。練習体制が整うと、みんなの動きもぐっとボクシングらしくなってきた。

入り口側にはマネージャーの七海の座るスペースがあり、そこに給水コーナーが作られた。昇降口で練習していた頃からの、イラスト入りプラスチックの「マイ・コップ」が置かれた。「演技の部」を目標とするなら、基本的に殴り合うことはないので、ヘッドギアを付ける必要はない。ボクシング同好会にあるのは、俺が持っていたヘッドギアだけだったが、七海はそれに数種類の消臭スプレーをかけまくった。

七海だけが潔癖症なのではなくて、女子高生はすべからく臭いにうるさいものらしい。体育の授業後は各自ふんだんに制汗スプレーを使うので、教室が各種スプレーの香りでむせ返る。それが昼食時でも、彼女たちはその香りが充満する中で平気で弁当を食べる。敏感なんだか、鈍感なんだか、よく分からない。

下半身強化に走り込みは欠かせないので、土曜の午後は校外のロードワークに出る。俺が先導し、最後を七海が自転車で走る。城跡に建てられただけあって、「館女」の周りの道路は広く、緑が多い。気持ちのいいコースだ。

一度だけ、ロードワークをしていて思わぬことがあった。体調が悪くなった茉莉花が逆走して学校に戻ったのだ。先頭を走っていたので気づかなかったが、七海が一緒に戻り、俺のスマートフォンにその旨のメールを入れてくれていた。

綾香たちはなぜか訳知り顔だったが、それ以上話そうとしなかった。

「先生は関係ありません」

何かあるのだ。だが、決して重い話ではなさそうだったので、それ以上追及しなかった。

気がつけば、「館女」に赴任してから六か月余りが経ち、校庭の樹木が葉を落とし始めていた。

学校での授業にも慣れ、行きつけの店と言っても相変わらず駅前のコンビニぐらいだが、すっかりこの地に馴染んだような気になっていた。

ボクシング同好会もできた当初は校内で浮いていたが、今ではずっと以前からあったようにに活動している。自分自身もボクシングを教える恐怖心が少し薄れてきていた。ただ、ときどき吹く北風に寒さを感じるように、ごくたまに練習でヒヤリとさせられた。

そんなある日の練習後、凛が一人俺の元へやって来た。

「先生、シューズなんですけど、やっぱり買った方がいいですか？」

冬に行われる「全日本」の県予選のために、そろそろボクシング・シューズを買うことになっていた。俺の見込みどおり、中学時代バスケットをやっていた凛はフットワークがうまく、有望株だ。俺は一も二もなく頷いた。

「うん。凛なら予選突破できる。シューズはあった方がいいだろう」

「はあ」

凛は黙ったまま思案顔だ。はたと、金のことで悩んでいるのだと気づく。ボクシング・シューズは、最低でも一万五千円ぐらい。凛は父親が残した借金を返済する母親の負担になりたくないのだろう。

「レスリング・シューズでもいいよ。六千円ぐらいからあるし。そっちのほうがお勧めなくらいだ」

値段を聞いて、凛の目がパッと輝いた。

「じゃあ、それにします！　ありがとうございました。失礼します！」

用が済むと、凛はすぐに頭を下げて、走っていった。相変わらず素っ気ない。にやりとして見送っていると、「あのぅ」と、背後から小さな声がした。

一際《ひときわ》ガタイのいい美紗緒だった。父親がうどん屋のせいか、兄たちとレスリングやボクシングごっこをして揉まれて育ったせいか、柔道初段のがっちり体型のせいか、美紗緒のパンチは圧倒的に強かった。

いつも堂々とふてぶてしさすら漂わせているのに、今日の彼女は元気がない。

「どうした？」

「あのう……アレ、どうしても量らなきゃだめですか？」

「アレって？」

美紗緒は、昨日七海がただで頂いてきた体脂肪率や骨密度が測れるヘルスメーターをうらめしそうに指差した。

「ああ……だって、そろそろ県予選が近いから、体重量って、エントリーする階級を決めないと――」

「だって、先生、『演技の部は、体重はラフだ』って、言ってたじゃないですか」

一瞬、美紗緒の意図を汲めないでいた。いや、言っていることは分かる。だけど、何が言いたいのか。

約二、三キログラム刻みで階級が分かれている『実戦』に比べ、『演技』は四階級しかない。

五十一キログラム以下の「軽量級」、五十一超～五十九キログラム以下の「軽中量級」、五十九キログラム超～七十一キログラム以下の「中量級」、それ以上の「重量級」だ。だから、厳しい減量は必要ないし、試合前の測定のプレッシャーは少ない。

凛も、綾香も、茉莉花もほとんどが軽量級。ちょっとぽっちゃりで軽中量級。身長百七十三センチメートルの俺は、現役時代六十一キログラムのライトウェルター級だったが、しだいに体重が増えて、現在六十六キログラム。「演技の部」の階級で言えば、現在の太った俺でさえ、中量級だ。美紗緒もせいぜい中量級だと思っていたが、もしかしたら、ずっと重いのかもしれない。

「体重を量りたくないってこと？」

「はい」

「けど、七十一キロあるかどうか、ちょっと体重量って――」

おずおずと言い出した時だった。

「体重のこと、言わないでくださいッ！」

美紗緒は急に甲高い声になった。

体格が違えば腕の長さも違うし、パンチの重さも違う。ボクシングが階級別なのは、あまりにも体格差のある者同士が闘って事故を起こすことがないようにという配慮だろう。そういうルールなのだから、四の五の言っても始まらない。

「そんなことを気にかけてどうする。体重量らないと、試合には出られないよ」

美紗緒は震える唇を噛みしめて、俺の背中をバチンとはたいて出て行った。かなりの威力だ。手の形に痕がついたのではないか。あれが拳だったら、力のあるパンチだ。いいものを持っている。

それにしても、彼女の乙女心を傷つけず計量させなければならない。これはかなり手こずりそうだ。一難去ってまた一難。

体育館を出ると、北風が容赦なく吹きつけ、落ち葉を巻き上げた。

俺は空を見上げながら、春に赴任した時、父親が呟いていた言葉を思い出していた。

「群馬は、『女が強くて、北風が身に沁みる』ところだよ」

その冬が来た。

容赦なく吹きつけるからっ風に、体育館の床は凍ったようになり、アイスリンクのように硬く感じられた。シューズの底がしんしんと冷えて、足元からゾクゾクする。体育館に保管されている道具のすべてが冷蔵庫に入っているように冷え、触ると鳥肌が立つ。特に金属の冷たさは、度し難い。触れると思わず声が出てしまうほどだ。

群馬に慣れたつもりでいたが、思い違いだった。毎日が身を切るような寒さで、東京人としては殊更《ことさら》身に応える。練習中も首にマフラーを巻いて、ニット帽をかぶり、秘かに防寒下着まで身に付けていた。一気に年寄り気分だ。

ところが、生まれも育ちも群馬の綾香たちは、寒ささえもひゃあひゃあ言って、面白がっている。寒がる俺には「先生は、冷え性なんじゃないですか？」などと容赦ない。

霜が張って浮いたようになっている校庭の上を歩いて、ぐしゃぐしゃにつぶして喜ぶ。凍った水たまりを見つければ、絶対に踏んづけて割っていく。雪が降れば、手袋もしないで駆け回り、お決まりの雪だるまを作る。まるで子どものような活発なエネルギーだ。

「ケータイより重いモノ、もったことないですもん」と言っていた彼女たちはボクシングを始めて、明らかに逞《たくま》しさを増していた。

優雅そのものだった綾香は、最近、机から消しゴムが落ちる瞬間に反射的にキャッチできるようになったと報告してきていた。床に落ちてから拾うことがなくなった、というのだ。以前は落ちるのをポカンと見ていたかと思うと、それはそれでかわいらしいが……。

老舗造り酒屋の一人娘の綾香は、いずれ婿をとって、店を継ぎ、この街で暮らしていく運命にあるらしい。それに反発するようにあらゆる街の外のものへ好奇心を向けていたのが、今はボクシングだけに集中しているようだ。トレードマークだった縦ロールのロングヘアは、いつの間にかポニーテールに変わっていた。

大柄でぽっちゃりの美紗緒は、七海の説得で、「決して体重を声に出して読み上げない」という条件で渋々体重測定に同意した。実は誰もが「体重を読み上げられたくないと思っている」と聞いて、最初は呆れていた俺にも、女子高生にとって最重要事項なのだと分かった。

内向的で家族にすら我がままを言えなかった凛は、ずっと快活になっていた。今では準備体操の時の掛け声は、一番よく響いている。持ち前のリズム感のよさもあるが、何かを指摘されると、素直に受け入れ、無心で練習するので、前進するスピードが抜きんでている。

しかも、トロコのように「ついていけない子」に対して、自慢することもないし、置いてけぼりにすることもない。トロコに教えることで凛はまた一つその技術を確実にものにしていく。

「全日本」の県予選でいい結果を出せるともっと自信につながる。凛のためにも好成績を期待していた。

期末試験が終わり、ますます寒さが厳しくなってきた頃、「全日本」の県予選が行われていた。凛たちにとって人生初のボクシングの試合だ。

「演技の部」は体育館に作られたリングで数人ずつが、シャドーボクシング、腕立て伏せ、縄跳びを行い、蝶ネクタイに上下白の服を着た審判員が審査する。

見るのもやるのも何もかも初めてだったが、参加者の中で一年生女子十八人の集団は大所帯だった。女子部員が一、二名しかいないボクシング部が多い中、「館女」軍団は大勢でまとまっていられたので、普段のペースを保てた。「実戦」の訓練をしていないので、迫力のある「実戦」の試合を見てもプレッシャーを受けなかったのも幸いした。凛たちは全く物怖じすることなく普段の実力以上の結果を出せた。

ボクシング・ジムで鍛え上げた百戦錬磨と違って、「館女」軍団はとにかく型がきれいだ。凛は持ち前のフットワークでシャドーボクシングを華麗にこなす。綾香は全身全霊で一分の隙《すき》もない完璧な腕立て伏せを見せる。茉莉花はスタイルの良さを生かして軽やかに縄跳びを飛ぶ。安心して見ていられる試合だった。

そして、凛、綾香、茉莉花の三人が「演技の部」の県代表になった。

大会翌日、早くも校舎の二階の窓に「祝・ボクシング同好会・全日本女子アマチュアボクシング選手権大会出場」の垂れ幕が掲げられていた。

同好会の思わぬ成果に校長や教頭も喜色満面で、十八人を校長室に呼んで激励した。

「本戦は、二月に広島で行われるんだそうですね」

「めざせ、『演技』の日本一！　ぜひぜひ頑張ってください」

三人が黙ったままなので、俺が一言添えた。

「三人は、十八人のボクシング同好会のみんなの気持ちを背負っているんだ。気を引き締めて、な？」

俺の言葉に、三人とも小さく頷いた。心ここにあらずで、浮かない顔だ。

仲間の手前、「どや顔」にならないように繕《つくろ》っているのか。あまり気に留めないでいた。


久しぶりに残業がない日曜日、一日中部屋に閉じこもり、だらだらと過ごした。一応の区切りがついて一安心したからか、大会予選までの慌ただしい日々で疲れが溜まっていたからか、こたつでテレビを見ていても気づけばうたた寝をしていた。午後になって寒さで目が覚めた。

唯一の暖房器具だったこたつのヒューズが切れていた。日曜日なのでメーカーに問い合わせできない。インターネットで調べ、ようやく部品を注文したが、届くのに二日かかるという。

群馬のからっ風はホンモノで、部屋中が寒い。隙間風などという生易しいものではない。新聞紙を窓のサッシの隙間に詰めてみた。

それでも寒くて、台所で湯を沸かし続けた。ふと、「酒を飲めば寒くなくなる」と思いついて、紙パックの焼酎をお湯割りにして飲んでみた。アルコールに弱いので、すぐに酔っぱらってきた頃だった。

ドアベルがピンポーンとのんきな音を立てた。

ドアを開けると、綾香と凛と茉莉花の三人がうつむき加減で立っている。

「どうした？」

「ちょっと相談がありまして」と、綾香が澄まして答える。

「お邪魔してもよろしいですか？」と、茉莉花が中を覗くようにする。

「ちょ、ちょっと待ってくれ……」

こんな時に急襲するなんて、ずいぶんタイミングがいいじゃないか。同じ街に住んでいるデメリットだ。頭がぐるぐるしながら、寒かったからとはいえ、明るいうちからアルコールを口にしたことを後悔していた。そして、男臭いワンルームのアパートを即座に片づけると、三人を中に入れた。

女子高生とジャージ姿でほろ酔いの男が対面していた。我ながら少々情けない。だが、綾香たちは俺のむさい様子など全く気にならない様子だ。

「わたしたち、悩んでいるんです」

悩みはそれぞれ深刻なようだ。長い話になりそうだった。

三人は互いに顔を見合って、「誰から話す？」と探り合っていた。

珍しく凛が話を切り出した。

秘かに一番実力のある凛を主将、二番手の綾香を副将とすることを決めていた。凛は代表としてボクシング同好会を背負ってもらわねばならない。その凛が自分から話し始めたことが嬉しい。

「わたしの悩みは……広島までの交通費と宿泊費をどうするかってことです」

関東・東北地方で行われる大会については、学校のワゴン車を使ってもいいことになっている。関東で行われた予選は使えたが、二月の「全日本」の会場は広島だ。車で行くことはできない。

東京と広島間を往復すると、正規料金で七万円近くにもなる。これにホテル代がかかる。「実戦」に出場するわけではないので、公式試合用のヘッドギア、マウスピースは不要だ。グローブやシューズも、普段のものでいい。ちなみに「実戦」となると、グローブは主催者側が用意した十オンス、すなわち二百八十三グラムのものを選手が使い回すことになる。大会用に七海が張り切っておそろいのTシャツとトランクスを作っている。この材料費は部費から出したので、用具についての出費はない。要は旅費をどう捻出するかが問題なのだった。

これまでも凛はボクシング・シューズより安いレスリング・シューズにするなど、工夫して切り詰めていた。シングルマザーで看護師の母親、厚子は、どんなに忙しくても、ウェアの少ない凛のためにこまめに洗濯してくれているという。

「母に、これ以上は言えなくて……」

「そうか。そうだな」

今回だけのことなら、「俺が貸す」と言えば解決する。だが、次回、凛のように旅費のない生徒が何人も出るかもしれない。毎回は貸せないだろうし、金のことだ。事情を知っているからこそ、特例を作ってはいけない。夜行バスに乗るとか、民宿に泊まるとか、旅費が少しでも安くなる方法を考えねばならない。

「いつもなら、わたしが父に相談してカンパさせるんですけど――」と、綾香が割り込んできた。綾香の父は「館女」のPTA会長であり、地元の名士だ。商工会やPTAに一声かければ、旅費の寄付などわけないのかもしれない。

「ただ、先生には申し上げていませんでしたが、父はものすごい心配性なので、ボクシングをやっていることを、まだ話していないんです」

「え？」

一瞬、耳を疑った。俺に「ボクシングを教えてほしい」と最初に言ってきて、学校中を巻き込んでボクシング同好会を作り、「全日本」出場を主張し先導してきた張本人が、ボクシングのことを両親に話していない、というのだ。

「今まで、どうやって隠してきたんだ？」

「ボクシング同好会ではなく、バレエ同好会に入っていることにしていたんです。グローブは学校のロッカーに『置きっぱ』にして。意外に分からないものですよ」

綾香はケロリと言ったが、そろそろ親に内緒にしているのも、限界だという。門限があるので、泊りがけの大会に出るには両親にボクシングのことを打ち明けなければならない。それが綾香の悩みなのだった。

「あの心配性の父に打ち明けたら、ボクシング同好会を辞めさせられるかもしれないんです。わたしだけならいいですけれど、意地の張り合いになって、父は同好会そのものをぶっつぶすかもしれません」

綾香の口から、「ぶっつぶす」などという物騒な言葉が出てきたことに、いやな予感がしていた。ボクシングの練習中にはつい乱暴な言葉も使う。いつの間にか、〝お嬢様〟の語彙《い》にそんな言葉が入り込んでいる。その心配性の頑固おやじは気づいているかもしれない。

そこへ、茉莉花が「わたしも、ボクシングのこと、カレシに内緒にしてたんです」と言い出した。

「え？」

「館女」で一番の美貌を誇る茉莉花は、おとなっぽい。最初の練習で「腰を触った」と言われてどぎまぎしたせいか、少しうっとうしい存在だった。彼女の繊細な女心が分からなくて悩んでしまいそうなので、なるべく関わらないようにしていた。だが、派手な外見とは裏腹に、口を開いてみると、茉莉花は恋する純粋な乙女らしい。

そういえば、練習初日にグローブがはめられなかった茉莉花の長い爪は、翌週には手入れの行き届いた短い爪に変わっていた。実はまじめな性格なのかもしれない。

「カレは、柳優真《やなぎゆうま》って言うんです。前園学園の一年生なんです」

「細マッチョな、イケメンです」と、綾香が横から俺に優真の写真を見せるように催促した。茉莉花はスマートフォンの待ち受け画面を差し出す。

目にも鮮やかなつつじを背景に、別人のように恥らいつつ微笑んでいる茉莉花と、クールにこちらに目線を送る優真の写真だった。少女漫画に出てくる主人公のような、さらさらの髪と無表情な端正な顔。それにしても、極端なほどウエストが細い。こんなガリガリに魅力があるのか。「ああ、カッコイイね」と仕方なく誉めておく。

優真に嫌われたくない一心で茉莉花は「わたしは茶道部なの」と嘘をついたのだという。バレエとか茶道とか、よりによってどうしてそんな嘘つくんだ？

俺の思いを見通したように、「先生は分からないかもしれないですが」と、綾香が言い出した。

「普通ボクシングをやっていると言うと、男子はひくと思うんですよ。『自分より強い女』っていやじゃないですか」

「君たちはそんなに強くないよ」と言いたかったが、綾香は以前ロードワークしていて、優真と鉢合わせした時のことを話し始めた。そう言えば、七海が「茉莉花は体調不良で学校に戻った」と知らせてきたことがあった。その時、優真と学校の近くでニアミスしていたのか。それで、あの時、綾香は妙に訳知り顔だったのだ。凛までが思い出し笑いする。

「大変だったよね。茶道部の訓練で走ってたことにしたんです」

「茶道部の訓練って？」

綾香が、茶せんで抹茶を「の」の字にかき回すように手首を素早く動かし始めた。

「みんなでこうやって走ったんですよ」

「『手首のスナップが大事だから、下半身強化のために走るの』とかって、あとで優真に滅茶苦茶な言い訳して……ほんと、あの時はありがとう」と、茉莉花は綾香と凛に頭を下げる。

十七人は協力して、手で「の」の字を描きながら走り、なんとか誤魔化し通したという。俺はその先頭で何も知らず、一人だけシャドーボクシングしながら走っていたわけだ。

「きっと、バレてるよ」

「バレてないです。でも、『全日本』に出たら、さすがにバレると思うんです！」

確かに「演技の部」とはいえ、優勝でもしたら、狭い町のことだ。絶対に知られてしまうだろう。

三人とも、校長室で表情がなかったのは、それぞれ悩みを抱えていたからだった。

考えあぐねた挙句、俺に相談することになったという。ここは、「オトナの名案」を示して、解決してやらなければならない。解決しないと、せっかくの「全日本」出場が危うい。天井を見上げて、ない知恵を絞る。

「あの、この部屋、寒くないですか？」

綾香がふと言い出した。凛も茉莉花も頷く。

「寒いです。ほら、息が白いですもん！」

茉莉花は息を吐いてみせた。いつも極寒の体育館で平気な顔をしているくせに。

「屋内なのに、こんなの、寒すぎですよ」

たった一つの暖房器具が壊れたのだと、ぼそぼそ言い訳すると、綾香が『如月』に行きましょう」と言い出した。館林の名物はうどんで、営業している店のほとんどがうどん屋だ。そのうちの一つ、「如月」は美紗緒の父親の店なのだった。

「如月」は通りに面した、「うどん」と書かれた丸い提灯がかかる小さな店だった。

清潔な店内にはカウンターと四人掛けのテーブルがいくつかあった。明るい木目調の椅子やテーブルが温かい感じだ。

美紗緒にそっくりで恰幅のいい父親が白い前掛け姿で現れた。「いつもうちの娘がお世話になっております。今日はサービスしますよ」と、人の良さそうな顔で言う。

二階の居室から美紗緒も顔を出した。「父ちゃんのカレーうどんは、『如月』の名物ですから、ぜひ食べてってください」と言われ、四人とも、カレーうどんを注文した。

カレーを出し汁で割った懐かしいカレーうどんが、ほかほかと湯気を上げて出てきた。とろっとしたスパイシーなカレーが細めのうどんにたっぷりとかかり、腹に沁みるうまさだ。冷えた体が温まって、頭も回転してきた。

「やっぱり嘘はいけない」

鼻をすすりながら、綾香と茉莉花にはきっぱりと言った。うなだれた茉莉花はしばらくずるずるうどんをすすった。やがて、顔を上げた。

「わたし、彼に告白します。カミングアウトします」

「うん。あとからバレるより、自分で言った方がずっといいよ」

と、綾香も引きずられるように、頷き始めた。

「そうですねえ。わたしも親に言おうかなあ……でも、実の娘が相手だと、親って、冷静さがなくなると言うか、テンションが普通じゃなくなるんですよね」

凛も「分かる分かる」というように頷く。綾香はすがるような目でこちらを見る。

「やっぱり、第三者がいると、父も冷静でいられると思うんですけど……」

「じゃあ、俺も一緒に行ってやろうか？」

つい言ってしまった言葉に、綾香は目を輝かせた。

「そうですか！　ありがとうございます！」

途端に元気になった綾香にいつもの調子が戻ってきた。綾香の父がボクシング同好会のことを受け入れてくれれば、いつも父が乗っている運転手つきの車を貸してくれるはずだという。そうなれば、凛の旅費の問題も一挙に解決する。

「いいね。あの綾香ん家の高級車で、広島に行けたら」

茉莉花もすっかりその気だ。そんなに簡単にいくものか。しかし、カレーうどんで満腹になったからか、女子高生たちの前向きな妄想に乗るのも悪くないような気がしていた。

それから一週間が経った。


日曜午後の茂林寺《もりんじ》は、それほど人気はなかった。

茂林寺は館林の隣の茂林寺前駅から十分ほど歩いた所にある。仏教説話の狸が化けたという茶釜《ちゃがま》が残る「文福茶釜《ぶんぶく》」で有名な観光スポットだ。綾香が「先生が一緒にいた方がバレない」と主張したため、館林観光もかねて同行していた。

応仁の乱の頃に造られたという総門は荘厳で、二十一体の狸像が並ぶ緑豊かな参道をカップルが歩く姿は絵になった。だが、茉莉花がなぜその場所を優真に告白する場所に選んだのか、よく分からなかった。緑に囲まれた歴史的建物というのも悪くないが、東京の人間にすれば、高校生のデート・スポットはアミューズメント・パークや映画館だ。それを口にすると、綾香が呆れたような顔をした。

「先生、本当に、田舎のことが分かってないですねえ。そんなにみんなお金があるわけじゃないし、行く所なんて、限られているんです」

綾香によれば、二人で街を歩けば誰もが知る「公認」になってしまう。もちろんその時は幸せかもしれないが、綾香のように店を継いで一生街にいるとしたら、歴代のカレシが街中にバレバレということになってしまう。

確かに地元に嫁げば、複雑で面倒な人間関係に苦労することになる。かねてから綾香が

「せめて大学時代だけでも東京で過ごしたい」と、言うわけも分かった。そういうわけで、宝物拝観料三百円で、ほぼ街の誰かと鉢合わせすることのない場所として、茂林寺が選ばれたという。

そう説明する綾香も、凛もいまだカレシというものができたことはないらしい。それでも訳知り顔で説明する。

茉莉花は優真と前園学園の入試会場で知り合ったらしい。お互いに一目惚れ状態で、意外に家も近いことが分かったが、茉莉花は第一希望だった公立校「館女」を選び、前園学園に合格した優真とは別れ別れになった。

そんな引け目もあり、できるだけ優真好みの彼女でいようとしていたのだという。派手顔の美人の茉莉花は、優しくておしとやかで控えめな大和撫子でいようとしているという。デートでも、ハンカチやバンドエードやソーイング・セットを必ず持参して、いざという時の女子力をアピールしようとしているらしい。

結構一途《いちず》なのだ。彼女の知られざる一面を知ったような気がしていた。

すると、本堂で茉莉花と優真だけになった。「今が告白のチャンス！」と、綾香がスマートフォンで茉莉花にメッセージを送った。

本堂の手前の廊下で待機している俺たちには、二人の会話までは聞こえない。だが、茉莉花は緊張しているようだ。「いよいよ、ボクシングのことを告白するな」と思った一分後、茉莉花が俺たちのところに一人で戻ってきた。

「カレは？」

「別れた――」

「別れた!?」

　ボクシングと聞いただけで別れると言い出す男がいるのか。そう早合点しそうになったが、茉莉花がカミングアウトしようとした時、優真から「実は好きな人ができた」と逆に告白されてしまったのだそうだ。

　しかも、その相手は前園学園の一年生の山下沙希《さき》だという。よりによって沙希はボクシング部のホープらしい。

「優真は、強い女が好きだったんだよ……これまで、あんなにおしとやかにしていたのは、何だったんだろう……わたし、何にも見えてなかったんだ」

　しょんぼりした茉莉花を慰めようもなくて、誰も声が掛けられなかった。


「おはようございます！」

　恋する乙女は切り替えも早い。翌日、登校してきた茉莉花はいつもどおりの明るさを取り戻していた。

「――もう、大丈夫か？」

　顔を覗くようにすると、茉莉花はすがすがしい笑顔を見せた。

「うん。昨日すんごく泣いた。だからもう大丈夫」

吹っ切れた様子だが、沙希のことは気になるらしい。

「別に優真に未練はないけど、どんな子に自分が負けたのかってことには、興味あるんだ。『前学』の山下沙希って、ライトフライ級なんだって。『全日本』の『実戦』に出るんだって。わたしも頑張ろうって気になったよ」

失恋すらもエネルギーに変えた彼女は一つ階段を上ったのだろう。さばさばと言って追い越していった。ともあれ、茉莉花の悩みはアッサリと解決してしまった。


その夕方は綾香と造り酒屋『阿部酒造』にいた。

創業二百年というだけあって、瓦屋根の旧家の造りで、奥には杜氏たちが働く蔵があった。何畳あるのか分からない大広間に通されて少しビビる。なるほどこれだけ大きなお屋敷のお嬢様が「演技の部」とはいえ、ボクシングの大会に出るのはまずいだろう。

十一代目の当主にあたるという綾香の父親は苦みばしった、いかつい頑固おやじだろう。ボクシングで鬼気迫る相手との対決はしてきたが、拳で闘うのと言葉で闘うのは全くの別物だ。できれば会わないで退散したい。綾香にせがまれて、のこのこ来たが、ＰＴＡ会長である綾香の父親に睨まれたらまずい、という姑息な考えも生まれていた。

「これは親子の問題だし、やっぱり――」と傍らの綾香に言いかけた時に、綾香の父親の阿部宗一郎《そういちろう》が入ってきた。想像していたのと違って、小柄で丸顔の愛想のいい男だ。日頃晩酌を欠かさないというせいか、血色もいい。

「お待たせ致しました」

「お邪魔しております。館明女子高等学校で数学を教えている本田彰と申します」

「いつも娘がお世話になっております」

阿部はにこやかに挨拶すると、「東京の方には、群馬の冬は堪えるでしょう?」とか、「群馬県の形は、鶴が舞う形になっていて、館林はその鶴の首にあたるんです」と世間話を続ける。緊張を隠して相槌《あいづち》を打っていたが、やがて、話が途絶え沈黙になった。

「――で、今日は、何か、お話があるとか?」

阿部に促されて、「え? 俺が話すの?」と思った。傍らの綾香は「そうです」とでもいうように、にっこりと頷く。

「――え……お聞き及びではないと思いますが、実は綾香さんは、学校の同好会で大変熱心に活動されています。わたしはその顧問です。で……綾香さんは、まだ初心者ながら、今回県代表に選ばれまして、二月の『全日本』の大会に出ることになりました」

一気にまくしたてた。ただ、小心者の悲しさゆえか、無意識に「ボクシング」という言葉を省いていた。

「へえ……何の大会ですか?」

阿部は嬉しそうに聞く。

「お父様が心配するから言ってなかったの。一応、格闘技だから」

「格闘技?」と聞いた阿部の目が険しくなった。綾香がうつむいて黙り込む。

阿部は、先ほどまでの柔和な小男とは別人のようだ。鋭く放たれた目力の強さに、肝の据わった男の有無を言わせない迫力がにじみ出ている。身がすくみそうになるが、覚悟を決める。

「ボ……ボクシングなんです」

我ながら小さな声だ。

「ボクシング？　ボクシングって、殴り合うアレですか？」

阿部は嫌そうな顔で拳を丸めてパンチを繰り出す仕草をした。

「なんで、そんな？」

阿部は鋭い目を娘に向ける。綾香は顔を上げない。膝の上で握りしめているその手は、かすかに震えている。綾香だって怖いのだ。自分も勇気を振り絞る。

「ええ。ただ、ボクシングと言いましても、綾香さんたちが出場するのは『演技の部』です」

「演技の部」では、一人でシャドーボクシングをしたり、腕立て伏せをしたりするのを審査員が採点して競う競技なので、殴り合いはないこと、従って怪我をすることもないことを丁寧に説明した。脇の下から汗が噴き出る。

阿部は一言も口を挟まずに俺の話を聞いてくれた。その物分かりの良い態度が逆に怖かったが、最後に阿部は「『実戦』でなければ、怪我はしないんですね」と低い声で言った。

「そうです。そうなんです。怪我はしません！」

俺が懸命に繰り返すと、阿部はようやく納得してくれた。

肩の荷が下りた。さすが造り酒屋の当主だけあって、話せば分かるリベラルな人じゃないか。

綾香も気が抜けたような心底安心しきった顔になっていた。怖いものなしの彼女にも怖いものがあるのだ。自分でも言っていたが、父娘で額を突き合わしての話になると、阿部は頑固おやじになり、彼女は我がまま娘に豹変《ひょうへん》して、大喧嘩になるのだろう。来た甲斐があったのだ。

ただ、綾香たちが期待していた、阿部のハイヤーを借りる話は成立しなかった。

二月は蔵開きの最盛期で、醸造した新酒のお披露目《ひろめ》が行われる大切な時期なので、車には先約があった。凛の旅費の問題は残ったが、綾香の親への告白は無事に終了した。

綾香と一緒に、凛と茉莉花の待つうどん屋『如月』に報告に行った。

すでに携帯電話で連絡を取りあっていた彼女たちは、事の経過を逐一把握していた。

「やっぱり夜行バスかな」

東京まで行けば広島行きの夜行バスがあり、それならば往復二万五千円弱で行ける。

「それぐらいなら、アルバイトでなんとかなると思います」と凛は言い出したが、十六歳の凛を一人夜行バスに乗せるわけにはいかない。俺が同乗すると、綾香や茉莉花の引率者がいなくなる。しかし、全員で夜行バスに乗るとなると、再び阿部の許可を取る必要があるだろう。

「父が許してくれるかどうか……」と綾香もうなだれた。

やっと許可を得た所で追加のお願いをすると、前言撤回されるかもしれない。

考えあぐねていると、美紗緒と一緒に美紗緒の父が厨房《ちゅうぼう》から出てきた。

「もしよかったら、うちの店のワゴン車を使ってください。その代わり、わたしたちも連れて行ってください」

先日、話を聞いて提案したかったが、綾香の父親のハイヤーの話が出ていたので、遠慮して言わなかったのだという。

美紗緒父子が応援に来てくれれば心強い。喜んで申し出を受けることにした。ずっと青白い顔をして考え込んでいた凛も頬を紅潮させて、「よろしくお願いします」と美紗緒の父に頭を下げた。以前の凛だったら友だちの父親に話しかけることなど、絶対できなかったはずだ。思いがけないところで、凛の成長を見られた。

「いい機会だから、言っておく。広島の『全日本』では、凛が主将、綾香が副将ということにしたいんだ」

別に学校対抗ではないから、主将や副将を決める必要もないのだが、今後の心構えのためだ。みんなも納得して頷いていた。

この夜のカレーうどんも無性にうまかった。滞っていたことが一挙に解決していた。きっと何もかもうまくいくだろう。

俺たちは楽観していた。知らなかったのだ——
日本のトップを決める「全日本」は、そんな甘いものではなかった。

第3章

二月八日の早朝、「全日本」が行われる広島市内のスポーツセンターは静寂に包まれていた。試合が始まるのは午後なので、まだ係員もいない。

広い会場内に設置されたリングを見て、凛も、綾香も、茉莉花も何も言わない。

「ほら、リングに上らせてもらって、床の感じ、確かめろ」

三人は硬い顔のままリングで足踏みしたり、フットワークをしたりした。普段は体育館の硬い木の床なので、弾力のある布製のマットの床に慣れていない。凛が寡黙なのはいつものことだが、綾香たちがここまで静かなのは、見たことがない。

「緊張してんのか？」

いつもなら嘘でも綾香が「わたしたちは先生みたいなチキンじゃありません。そんなわけないじゃないですか」とペラペラ喋るところだ。その綾香が俺の言葉にこっくり頷く。ムード・メーカーの彼女がここまで呑まれるとは思わなかった。いつも明るい綾香がそんな調子だから、凛は入学した頃の頼りなさげで自信のない様子に戻っている。

すると、茉莉花がおずおずと昨夜見た悪夢を話し始めた。なぜか、昨日の計量で出会った一般枠の主婦と対戦し、ぼこぼこにされたという。男性なので自分は計量に立ち合えなかったが、ぼーっとしていた茉莉花は、試合前で苛立っていた一般選手にぶつかり、どやされたらしい。

「みんなが出るのは、『演技の部』じゃないか。なんで、一般選手と対戦するんだ」

「全日本」の「実戦」では、高校生・大学生・一般が入り混じって、階級ごとの試合をする。だから、高校生の相手が一般人の主婦ということもあるのだが……。

「だって、そういう夢なんですもん。『もうダメ』って言ってるのに、先生がタオル投げてくれないんです。早く終わらせてくれればいいのに」

茉莉花は恨めしそうな顔をする。人を勝手に夢に〝出演〟させておいて、なじられても困る。

「ひどい！　先生、なんで助けなかったんですか！」と、綾香まで夢の中の話で、茉莉花の肩を持つ。冷静さをすっかり失った綾香は人の話をよく聞いていないのかもしれない。何か言ったら一触即発でヒステリーを起こされそうなので、黙っていた。ここまで彼女たちが舞い上がるとは。

そこへ、髪をベリーショートにしたボーイッシュな少女が現れた。涼しげな切れ長の目にひきしまった口元。上下、黒いジャージを着ている。出場選手に違いない。

彼女は軽い身のこなしでリングに上がると、ロープに手をかけ、腕と上半身をストレッチし始めた。後ろ姿になった時、ジャージの背中に「前園学園　ボクシング部」という文字が見えた。

綾香と茉莉花が顔を見合わせる。

綾香が声を出さないで口を動かした。

「や・ま・し・た・さ・き」

すると、茉莉花がすごい勢いで、リングを出ていく。綾香と凛も茉莉花の後を追う。俺も慌てて三人についていった。

「おい、どうした？」

何度声を掛けても振り向きもしなかった三人は、会場を出たところでようやく立ち止まった。

「先生、忘れたんですか？」

「え？　誰？」

「山下沙希ですよ。茉莉花の元カレがつきあってる！」

綾香にそう言われて、茂林寺でのことをやっと思い出した。茉莉花は「茶道部に入っている」と嘘までついて尽くした優真に振られた。優真が前園学園の同級生でボクシング部のホープの少女を好きになったからだった。つまり、そのホープが今会った沙希だ。

「山下沙希って、お父さんが元プロボクサーなんだって」

茉莉花は自分の恋敵である沙希のことを情報通の七海にリサーチしてもらったらしい。

五人兄弟の沙希はボクシング一家で、彼女自身も中学時代から父の経営するボクシング・

ジムにも通っているらしい。

綾香に催促されてスマートフォンを取り出す。会場の壁に貼ってあった「実戦」のトーナメント表を撮った写真を呼び出した。沙希の試合は、今日、ちょうど三人の「演技の部」が終わった後、行われることになっていた。気まずいから見たくないだろう、と思ったが……。

「絶対、最前列で見てやる！」

沙希の出現で茉莉花の意気は上がっていた。そのテンションに引っ張られるように凜たちのムードも変わっていた。これで、みんなの緊張が解けてくれるといい。

しかし、思ったようにはいかなかった。

アマチュアボクシングにはプロボクシングの入場のような派手な音楽や照明はない。「演技の部」では機械的なブザーの合図で凜たちが一斉にミットなどに打ち込むのを淡々と審判が採点する。だから、リングは静まりかえっている。

美紗緒父子も懸命に応援してくれたが、会場の妙にしんとした雰囲気には少し場違いだった。後半にはただ神妙な顔で見守るだけになった。

主将の凜は息が上がって、得意のフットワークで足を絡ませた。その失敗をひきずり、覇気がまるでない。副将の綾香は縄跳びをひっかけて、半ベソをかく。恋敵に出会ったせいか、茉莉花は心ここにあらずで、開始のブザーの音に反応できない。

練習でもしたことがないような失態だ。予選で出した実力の半分も出せず、もちろん、誰も入賞できなかった。

「初めての全国大会だから、しょうがないよ」

三人は俺の慰めの言葉も耳に入らない様子だ。

だが、「ライトフライ級の第一試合は、埼玉県『前園学園』の山下沙希さんと……」というアナウンスを聞くや、リング脇に設けられた客席に陣取った。

有名選手の沙希の試合にはテレビ取材の大きなカメラも入って、まばらだった客席がたちまち埋まった。

「カーン」

ゴングが鳴るや、赤いトランクスを履いた沙希は素早い動きでいきなり青のトランクスの相手を攻めた。沙希の身のこなしを見て、凛は衝撃を受けたようだ。かたずをのんで見つめている。

ステップが軽いのに、パンチを打つ時は腰が入っている。しかも、その一撃はズシリと重い。練習を始めた頃、綾香たちのパンチのあまりののろさに俺は頭を抱えたが、今日は彼女たちが驚く番だった。

「女子でも、こんな強いパンチが打てるんだ」

綾香の言葉に凛は黙って頷くだけだ。

沙希は相手のジャブが顔に当たったぐらいでは体が全く揺らがない。体の軸が全然ぶれない。フットワークが苦手な綾香はこんな戦い方があるのだと目を丸くする。茉莉花も恋敵の沙希の活躍を瞬きもしないで見つめていた。

　試合は第二ラウンドの途中で沙希が勝った。審判がこれ以上の試合は無理と判断するTKO《テクニカルノックアウト》。つまり、それだけの実力差を見せて、沙希は勝利を手にしたのだ。

　審判が沙希と相手の手を取って、沙希の手を上げる。相手の選手は悔しそうにうつむいた。

「……これがホンモノなんだね」

　凛は圧倒されたように頬を紅潮させている。これこそボクシングの試合なのだ。結果は振るわなかったが、彼女たちに本格的な試合を見せることができた。それが広島での何よりの収穫だった。


「先生、早く！　もう始まっちゃうよ」

　放課後の職員室で学年末テストの準備をしていた俺を呼びに来たのは、七海だった。

　家庭科室に駆けつけると、七海の発案で「全日本」の反省会を兼ねた、ボクシング同好会の「第一回たこ焼き懇親会」が行われていた。

　なぜか、生徒たちの輪の中に家庭科教師の田中真由子《まゆこ》が調理実習用の白衣を着て腕を振るっている。真由子は長い髪をひとまとめに後ろで結わえた、地味で目立たない独身教師。

「館女」出身のせいか、四角四面なまじめちゃんに見えて、楽しそうなことにはきっちり参加して、生徒以上に楽しむので生徒には人気があった。

「なんで、田中先生が来てるの？」

「茉莉花が、ね。本田先生の私生活は寂しそうだからって……」

首を傾げるしかなかった。余計なことだと思うが、別段目くじらを立てるほどのことでもない。みんなが楽しいならいいか。「全日本」の惨敗以来、快活な綾香や茉莉花の笑顔が消えていた。自分も含めて少し気分転換する必要がある。

二十四個が一気に焼けるというたこ焼き器は卓球部から借りたらしい。そこに真由子の特製昆布だしの入ったたこ焼き液が投入される。

「こんなにサラサラでいいのかな？」

茉莉花は不安そうに鉄板の半球型に八分目ほど入れて、真由子を窺《うかが》う。

「大丈夫大丈夫。もっと溢れるぐらい入れて」

注意深くたこ焼き液を足していく。

「もっと、もっと！」

控えめでいつも発言しない職員室での真由子とは別人のようだ。

そこへ、美紗緒がタコを入れていく。うどん屋の看板娘だけあって、手際がいい。さらに、ネギ、天かす、紅ショウガを大胆にふりかけると、完全に鉄板の半球型は見えなくなった。

「これで、本当に丸くなるのかな……」

突然凛がそう言ったが、みんなそう思っていたようだ。生徒たちはたこ焼き器を覗きこんでは、洪水のように溢れている液体を見て不安そうな顔をしている。

そのうち、じゅうじゅうとたこ焼きが音を立て始め、小麦粉の焼ける香ばしい匂いがしてきた。

「こうやって、竹串でまとめていくの」

真由子は半球型のくぼみの周りの生地を竹串で四角く切りとり、器用にくぼみの中にまとめ入れていく。それをくるっとひっくり返すと、きれいな球の形になった。

「おおっ」

みんな、思わず声が出る。

「やりたいっ」

「わたしも！」
五、六人がたこ焼き器の上で額をつけるようにして、一斉にたこ焼きを丸め始めた。
「きゃあっ、どうしよう」

「無理無理！　やだっ」

たこ焼き一つ丸めるのに、どうして悲鳴が出るのか。そう思っているのが、顔に出ていたのだろう。七海が竹串を差し出した。

「先生もやってみてください」

「ああ」

竹串で周りをくるむようにしてひっくり返そうとするが、たこ焼きが鉄板にくっついてはがれない。

「このっ、このっ」

思いがけず声が出ていた。そのうち、ちょうどいい焼けごろになったのか、俺のたこ焼きもくるりと動いた。面白いようにくるくる回って、きれいな球になる。

「小器用ですねえ」

じっと見ていた七海が言った。誉めているんだか、けなしているんだか。

そうこうするうちに、全部のたこ焼きが丸くなってきた。真由子が大胆にソースをかけ、鰹節をふりかける。

「アオノリは？」と俺が聞くと、茉莉花がしたり顔になる。

「アオノリは歯につきますから。女子高生はかけないんです」

気になって美味しく食べられないから、アオノリは買わなかったという。受け入れるしかなかった。

全員で第一弾のたこ焼きを口に入れた。熱い。外はカリッと、中はフワッとしている。真由子の特製だしのせいか、味に深みがあり、なんともうまい。

「熱っ。うまっ」

「やばい美味しい」

みんなハフハフしながら、自分の焼いた「マイたこ焼き」を食べた。第二弾、第三弾を焼くうち、キムチ入りやチョコレート入りなど、「闇鍋」ならぬ「闇たこ焼き」を作り始めた。試食しては悲鳴を上げたり、満足しきったり、忙しい。

折しもその日はバレンタイン・デーだった。

たこ焼きが一段落すると、チョコ菓子の大交換会になった。

「女同士で、交換するわけ？」

綾香が俺の言葉に目を丸くした。

「先生、知らないんですか？　これは『友チョコ』と言うんです。最近、男子に贈るより、こうやって交換して女子同士で楽しむのが主流なんですよ」

女子高生にとって、バレンタイン・デーは食事まで抜いて、せっせとチョコ菓子を食べる日になったらしい。

それぞれが人数分の菓子を手作りして配るのだから、そのけたたましさたるや、凄まじい。まるでバーゲン会場に殺到するおばちゃんのハイテンションだ。女子高生はときどき、あたりをはばからないおばちゃんみたいになる。「館女」に赴任したこの一年弱で感じた素直な感想だが、不用意に口にしようものなら、恐ろしいことになりそうなので、呑みこんだ。

そういえば、着任当初は珍しさにちやほやしてもらったが、人気もすっかりかげったのか、みんなが持ってくるのは小さくて素っ気ない明らかな義理チョコばかりだった。

その日の人気は凛がダントツで、凛に憧れてボクシング部に入った女子からも、部員以外からも、手作り本命チョコがたくさんプレゼントされていた。

大交換会が一段落すると、綾香が立ち上がった。

「わたし……『全日本』で負けて、しょげまくってました。せっかく代表になったのに、期待して応援してくれたみんなにも申し訳なかったです。けれど、やっぱり参加できてよかった。みんなと一緒にボクシングをやれてよかったです」

凛と茉莉花も深く頷いた時だった。

「先生、わたしも応援に行って、思ったことがあるんです……」

突然、神妙な顔の美紗緒が立ち上がって、喋り始めた。

「――あたし、『実戦』がやりたいです！」

「『実戦』⁉」

浮かれた気分は一気に氷水を浴びせられたように萎《しぼ》んだ。思ったままを口にするしかない。

「そんな……無理だよ。『実戦』なら、もっと首を鍛えなきゃいけないし、週三回の練習じゃ全然無理……怪我だってするかもしれないし……」

「柔道をやっていた父も賛成してくれたんです」

思いをずっと胸に秘めていたらしい。真っ赤な顔で主張する美紗緒を凛たちも困惑したように見るだけだった。まさか美紗緒がそんなことを言い出すとは。困ったな。

どうしたら彼女を諦めさせせられるだろう。

バレンタイン・デーの「『実戦』がやりたい」という告白以来、美紗緒は張り切っていた。頭ごなしに却下することもできなくて、その申し出を保留にしたまま数日が過ぎていた。

体育館の二階でシャドーボクシングをする美紗緒を見ながら、つい大きな溜息を吐いた時、スマートフォンにメールが入った。いつもなら気づかないが、その時に限って何気なく見た。

先日の「全日本」の大会で顔見知りになった前園学園ボクシング部の顧問の斎藤《さいとう》先生からのメールだった。メールを開くと、ある一文から目が離せなくなった。

〈次回の『全日本』から、『演技の部』は廃止され、『実戦』だけになるそうです〉

思わず画面を見入ってしまう。ふと顔を上げると、七海がいつの間にか背後から俺のスマートフォンの画面を覗きこんでいた。

「どういうことなんですかね」

「『全日本』の試合には『演技』では出られない、ってことだ」

腕組みした七海は、きっぱりと言った。

「つまり、『実戦』をしなければ『全日本』の試合には出られない――『闘うか、それとも、やめるか』ですね」

シャドーボクシングをしていた茉莉花たちが休憩タイムになり、たちまち取り囲んだ。俺のスマートフォンが当たり前のようにみんなに回覧されていく。

「じゃあ、わたしも『実戦』しようかな」

茉莉花がさらっと言った一言に耳を疑った。

「わたしも『実戦』やりたいと、思ってたんですよ」

「なんで？」

重量級の美紗緒ならともかく、なんでお前なんだ？　食い入るように茉莉花を見つめた。

「茉莉花の気持ちは分かります。先生も乙女心分かってあげてください」

綾香までもがそう言いだした。どんな乙女心なのだ？　全然分からない。

俺の困惑を見透かしたように七海が理路整然と説明した。

「だから、例のカレシを奪い取った『前学』の山下沙希に、復讐してやりたいわけですよ」

「あの子のほっぺたを一発殴ってやりたい！」

そういえば、広島で茉莉花はそんなことを口走っていた。

あの日、茉莉花は沙希の試合を食い入るように見つめていた。ホンモノのボクシングに出会った衝撃と感動で言葉にならないのかと思っていたが、彼女は「実戦」に出ている沙希を見て、闘志に火をつけていたのだ。

そこへ、新しいことに飛びつかずにはいられない綾香が「わたしもやりたいです！」と、言い出した。

「凛もやるよね？」

綾香に聞かれて、凛はしっかり頷く。

美紗緒が「よっしゃー！」と綾香とハイタッチをする。

「ボクシング同好会をボクシング部にするぞー」

美紗緒の野太い声に、茉莉花たちが声を張り上げる。

「やったー！」

「先生、よろしく！」

口をはさむ隙すらない。あっという間に、十八人は団結していた。

「『実戦』はヤダ、ってやつは、いないのか？」

綾香たちは互いを見回したが、手を挙げる者はいなかった。

「実戦」となれば毎日の練習量が増え、その内容もがらりと変わる。攻撃でも守備でもすべては試合でどう展開できるか、というポイントに変わる。ということは、怪我も多くなる――もうここで思考が停止する。自分の気持ちが定まらないうちに猛プッシュされたが、何とかして撤回させることはできないものか。

どうするかなあ……。

後半の練習は心ここにあらずだった。一方で、綾香たちの動きは今までにはないキレがあった。みんな、「実戦」という新しい目標に興味と期待を抱いている。これをひっくり返すのは至難の業だ。

練習が終わって誰もいなくなった体育館を後にしようとした時、七海が声を掛けてきた。

「先生、いったん引き取って、あとで何とかして撤回しよう、とかって考えてるんじゃないですよね」

七海の指摘はどうしていつも的確なんだろう。「ああ、そうだよ」と言えたら、どんなに気が楽か。

「先生がイマイチ乗り気じゃないことは、わたしたちだって感じてます。でもね、みんな、もう気持ちが走り出してます。先生も、『館女』生に一度火がついたら止められないってこと、分かってますよね？」

「ああ」

全く七海のおっしゃるとおりだ。ぐうの音も出ない。

「なんで、そんなに怪我を怖がるんですか？」

ズバリ聞かれて、思わず七海の顔をじっと見る。

七海は目を大きく見開いて一瞬鋭くこちらを見返した。だが、すぐに気が変わったように笑みを浮かべた。凛が立っているのに気づいたのだ。

「じゃ、お疲れ様でしたー」と言うと、走っていった。

「あの……ちょっと話があるんです」

凛はボソッと言うと、ポケットの財布をまさぐった。

「これ、見つけちゃって……」

母の留守中に部屋の掃除をしていて偶然見つけたという古びた写真だった。小柄の青年が両手の拳を握って、ファイティング・ポーズをとっている。

「これ、誰――？」

「父です――」

言われてみれば、写真の青年は凛に面差しが似ていた。

「お父さん、若い頃、ボクサーだったのか？」

凛は嬉しそうに笑った。

「プロってわけじゃないらしいけど、七海がネットで探したら、『全日本』とかには出てたみたいなんです」

「そうなんだ……遺伝なのかな？」

凛は頷くと、少し恥ずかしそうに言った。

「もし、『全日本』の『実戦』に出たら……どこかで、お父さんが見てくれるかなって」

「うん、そうだな」

凛はわが意を得たりとでもいうように、大きく頷いた。あんなに内気だった彼女がそんなことまで打ち明けてくれるのは嬉しかった。

「前は、わたし、何の夢もなかったんです……わたしなんか、何やってもダメなんだって思ってたんです」

「うん」

「けど、今は、もっともっとボクシングがしたい。勝ちたいって、夢ができた……だから、『実戦』に出て、強くなりたいです」

　人間の目というものは、こんなにもきれいなものなのだ……。見とれてしまうほど、その瞳は輝いていた。凛はボクシングを始めて、精神も肉体も強くなったのだ。

「先生、ボクシング部を作ってください。お願いします」

　先ほどまで何とかして撤回の手段を探っていたのにもかかわらず、思わず頷いてしまった。きっと凛は父親に自分の姿を見せたくて頑張るだろう。活躍したら、父親に会えるかもしれない——はかない可能性にかけて、今までにも増して熱心に練習するだろう。そのために自分が協力できるものなら協力したい。

　ボクシング同好会をボクシング部にする——まるで考えていなかったことだが、そうするためには何をすればいいかを考え始めていた。


　もう一度冷静になって考えをまとめよう。

　アパートに帰ると買ってきたコンビニ弁当の夕食を一人かきこみながら、無理にでも心の整理をつけようとしていた。

一番いいのは、あの事件を忘れることだ。生徒を怪我させるかもしれないという恐怖を封印する。実際、大きな怪我をすることなど万に一つだ。リセットして、初心に戻って、誠実に指導するのだ。

できることなら、本当に忘れてしまいたい。

黙っていれば分からないし、密かに反省していればいい――悪魔の声が囁く。あの時、周囲の人々も言っていたように、あれは不運な事故だった。生徒の信頼を得るために封印しよう。今、乗り越えなければならないのだ。

持ち帰っていたあのグローブを手に取って、はめようとした。

だが、グローブについた細かな傷を見ると、血まみれになって泣いている近見の姿が浮かぶ。

気づけば、グローブを持ったまままたあの時のことを克明に思い出していた。結局、どうしてもグローブを付けられなかった。

戒めでもなんでもない。やはり、俺は弱虫で、とどのつまり怖いのだ。

でも、凛との約束も守りたい。

ボクシング部を創るか、やめるか。そのためには何をすべきか。

行きつ戻りつして考えるうち、夜が明けてしらじらと明るくなってきた。ようやくその頃になって、冷静に細心に生徒たちに心を配ればきっと大丈夫だ、という気になってきた。不調があればすぐ訴えることをみんなに徹底して教える。それから、自分自身が「この選手ならやれる」という過信を持たないようにする。つい愛情の分だけ盲目になってしまうからだ。

俺の背中を押すように、朝焼けに照らされて館林の街に色が戻ってきた。窓を開けて深呼吸する。冷気が凝り固まった頭をほぐしてくれる。心は定まっていた。


決心を固めて登校したにもかかわらず、その日に限って授業が長引き、昼休みには生徒が数学の問題を質問に来て時間を取られた。

校長室を訪ねることができたのは放課後になってからだった。

運よく在室していた校長と教頭に、次の「全日本」から、「演技の部」がなくなり、「実戦」でしか参加できないこと、生徒たちが「『実戦』をやりたい」と言い出したことを報告した。

「なるほど、本田先生としては、ボクシング同好会をボクシング部に昇格して、練習量を増やし『実戦』で参加させたい、というお考えですね」と校長が言った。

深く頷く。教頭が「いいじゃないですか、打倒『前学』です！」と、賛成してくるかと思っていたが、黙ったままだ。少し拍子抜けする。

校長も珍しく言葉を選んでいるのか、言葉を発しない。どうしたのか。

ボクシング同好会にする時、諸手《もろて》を挙げて賛成した学校側は乗り気ではないのだ。校長たちに相談すれば、大賛成され、創部へのムードが一気に出来上がると、心のどこかで期待していた。だが、先日の「全日本」での惨敗で「負の評価」を下されてしまったのかもしれない。

「よく考えてみると、ボクシングは我が校の教育目標である〝群馬の絹のような大和撫子〟の育成にそぐわないと思うんですよ」

ようやく口を開いた校長は教育目標を盾に創部に異を唱えていた。

今さらそんなこと言って、どういうことだ？　校長のふっくらした喉元をつかみ上げ、問い質したい。そのしもぶくれの顔をまじまじ見つめる。

「ここだけの話ですけど、実は、進路指導担当の小山《こやま》先生から、クレームが出ていまして……」と、教頭も追随するように言った。

校長が「ちょっと小山先生を呼びましょう」と言い出した。「はいっ」と、教頭が小走りで出ていく。

すぐに、隣の職員室から教頭と一緒に初老の教師が現れた。ごつごつした体に少しくたびれた背広を窮屈《きゅうくつ》に着ていて、苦虫を噛み潰したような顔をしている。小山は軽く会釈して、隣に座った。

「どうも、進路指導をしております小山です」

「あ、どうも。本田です……あのボクシング同好会に何かあるとかって——」

俺は一・二年生の数学を教えているので、三年生の担任の小山と話すのは初めてだ。

「マネージャーの吉瀬さんって、いますでしょ？」

小山はいきなり本題に入ってきた。

「七海ですか？」

「ええ、吉瀬七海さん。彼女はね、全国模試で常に学年一位。東京の超有名私大や、国公立を狙えるところにいるんです。『館女』としては、数年ぶりの有望株です」

彼女がそんなに成績優秀とは知らなかった。確かに人の二歩も三歩も先のことを考えている。しかし、そんなこと言ったら部活なんてできないじゃないか。東京の私立三流高出身の自分には受験の話はピンとこない。

「あ、でも、まだ一年生ですし、大学受験の話は早いんじゃ――」

小山は俺の言葉を一刀両断にした。

「いいえ、春にはもう二年生になるわけです。そんな吉瀬さんが毎日ボクシング部のお世話にかかりきりというのは、なんとも勿体《もったい》ない。受験勉強に差し支えます。昨今の主流は中高一貫教育。大学受験に向かって、六年間前倒し前倒しで、しゃかりきで勉強させるわけですよ。ここは群馬ですよ。塾だって何だって遠いし、不利なんです。本当は、二年生からだって遅いんです。今すぐ引退してもらって、受験勉強に専念してもらいたいところなんです」

「はあ……」

論理的にまくしたてる小山の話は永遠に続くかと思われた。いつの間にか、校長と教頭の姿もない。解放された時には約二時間が経っていた。

校長室を出た時、何気なくサイレントモードにしていたスマートフォンを見て驚いた。留守番電話に伝言が十六件も入っている。東京の父に何かあったのか？　慌てて伝言メッセージを聞く。

「あー、阿部です。『阿部酒造』の阿部。阿部綾香の父親の阿部です……」

『阿部酒造』を訪れた時、柔和な彼の顔が突然阿修羅のように豹変して、いかめしくなった時の恐怖を思い出した。

「ちょっと、小耳にはさんだんだけど、『実戦』をやるっていうじゃないの。約束が違いますよねえ……」

スマートフォンを握りしめる手がじっとり汗ばんできた。心配性の阿部は早くも綾香から話を聞いて抗議してきたのだ。一件分の伝言では入りきらず、次々と伝言を残していた。

「あー、再び阿部ですけど――あのね、『実戦』だと、顔を怪我するかもしれないよねえ。そんなこと、女の子があり得ないですよね？」

先日会った時は、初対面のせいか、慇懃《いんぎん》無礼なほど丁寧で愛想がよかった。今日の留守番電話の阿部は酒が入っているのか、言葉遣いが乱暴で端々に怒気がにじみ出ている。なんといっても、彼はPTA会長なのだ。親たちを扇動するかもしれない。

一瞬悪い予感にとらわれたが、阿部に限って、そんなことはしないだろうと打ち消した。連絡を入れて一度会いに行こう。

　ところが、そんな暇はなかった。

　誰もいない職員室で慌ただしく残務処理を終え校門を出ると、すでに辺りは真っ暗だった。ふと、街灯の下で俺を待っているダウン姿の妙齢の女性に気づく。ママチャリを支えながら、女性は深々とお辞儀をする。

「本田先生ですか？」

「はい――」

「いつも、凛がお世話になっております。凛の母の、鈴木厚子《あつこ》と申します」

「これが、あの！」という言葉を呑みこんだ。厚子は看護師をしているだけあって、若々しくきびきびしている。まっすぐに人を見るところは凛に似ている。失踪した夫の借金を背負い、シングルマザーで凛を育てる強い女性のはずだが、美しいロングヘアのせいか、想像していたよりずっとたおやかだ。

「先生、お忙しいでしょうから、歩きながらお話聞いて頂けますか？」

　自転車を押す厚子と歩きながら、少々緊張しつつ話を聞いた。

「先生はご存じないでしょうけど、実は、凛の父親は、ボクシングをやっていたんです」

　凛にファイティング・ポーズを決める父親の写真を見せてもらっている。それがきっかけで、ボクシング部創部を決心したとは言えないが……。

「――凛は知らないんですけど……あの人は、ボクシングの怪我が元で亡くなったんです」

なくなって、ついに逝ってしまいました――」

「何度も脳震盪《しんとう》を起こしたので、後遺症が残って……だんだんわたしのことも分からなくなって、ついに逝ってしまいました――」

「え？」

厚子の瞳に涙が浮かび、頬を流れていった。

どういうことだ。父親が女と失踪したことは周知の事実だと、凛の担任は言っていた。父親は失踪したが、亡くなってなどいないはずだ。よそ者の俺が知らないと思って、泣き落とそうとしているのか。

だが、そのあとに厚子が言った言葉に、あっと思った。

「だから、あの子に、もうこれ以上ボクシングの深みにはまって欲しくないんです」

厚子は臆面もなくバレバレの嘘をついているのだ。つまり、「ボクシング部創部には反対だ」と。

母親というのは子どものためにどんなことでもするというが、厚子は頭ごなしに凛に自分の意見を押しつけるのではなく、こんなことをしてやめさせようとしているのだ。見た目と違って意外にしたたかな厚子に、凛が思ったことを言えなかったのも頷ける。人一倍苦労しているからか、二枚も三枚も上のしっかり者なのだ。だから、娘を守るためにこんなこともするのだ。

分かれ道に来た時、「よく考えます」と言っただけで、俺ははっきりした返答をしなかった。

「よろしくお願い致します」と、厚子は再び深々とお辞儀をすると、去っていった。

その後ろ姿を見送っていると、ポツッと雨粒が頬に当たった。

たちまち本降りになった。近くにコンビニはない。傘も買えず、濡れねずみで歩く。帰ったら、まず熱い風呂に入ろう。

ようやく玄関に辿りついた時、スマートフォンが鳴った。教頭だった。部屋に入り、濡れそぼったまま応答する。

「急なことで申し訳ないんですけれども……次の日曜日に、ボクシング部創部について、正式な父兄説明会をすることになりました。本田先生に仕切ってもらいますから、よろしくお願いします」

相変わらず言葉は丁重だが、課せられた責任は重かった。その電話の最中にも阿部が大量にメッセージを残す。

オトナたちの反対と、綾香たちのイケイケムードの間で板挟みだ……。

だが、その夜、それ以上考えることはできなかった。

「ハーックション、ハーックション」

何度もくしゃみを連発した。寒い。ふとんに入ろう。濡れた体を温めることもせず、そのまま寝てしまった。


俺のパンチを受け、近見が倒れていく——

それは昔、毎日見ていた夢だった。

いつも覚醒しながら、「ああ、夢だったんだ。悪夢だったんだ」とほっとする。そして、完全に目覚めると、「夢じゃない。近見は、二度とボクシングのできない体になったんだ」と、現実に引き戻される。まどろみから現実に戻る時、決まって泣いていた。

そして、今朝も自分の涙の冷たさで目が覚めた。

喉が痛い。熱を計ると、三十八度五分。体の節々が痛く、まだまだ熱が上がりそうだ。ぞくぞくと悪寒が走る。

風邪だろうが、食べ物や薬の買い置きがないので、買いに行かねばならない。駅前のコンビニまで徒歩十五分。学校の正門側にもコンビニがあると教えてもらったが、やはり歩いて十五分はかかる。

『如月』に出前を頼めば、食べ物を届けてくれるだろう。鍋焼きうどんなんか、最高に温まるだろう。だが、美紗緒たちボクシング同好会全員に俺が風邪でダウンしたことが伝わる。次の日には全校生徒に伝わっている。いつの間にか街中の人が俺の風邪を心配していたりする。田舎町の人々の親切は有り難いが、大げさなことになる。生徒の家に連絡するのは気がひけた。

熱でくらくらしているのか、学校の幹部やPTAの抗議にくらくらしているのか。

ふと、校長室で教頭が意味ありげな目つきをしたような気がしてきた。進路指導の小川先生のせいにしていたが、校長たちが反対し始めたのは、事件のことを知られたからかもしれない。

いっそ、すべてを曝《さら》して相談したらどうか。いや、そんなことをすれば、ボクシング同好会すら潰されてしまうだろう。

だが、どう説得する？

頭はどうどうめぐりを繰り返した。翌日からだましだまし学校に行ったが、熱が下がったのは結局、父兄説明会の当日だった。


病み上がりのフラフラの体で体育館に入ると、駆けつけた父兄たちの熱気に圧倒された。綾香の父親の阿部の肝いりなのか、ボクシング同好会の十八人の父兄以外にも多くの父兄が駆けつけ、用意されたパイプ椅子は満席になっていた。

美紗緒の父親以外は、どうも全員が反対らしい。

目も合わせてくれない阿部、しっかり決着をつけようと思い詰めた顔の凜の母親。硬い顔をした父兄たちでいっぱいだった。

冷たい視線を浴びながら、マイクをオンにした。

「えー、若輩《じゃくはい》者ではございますが、生徒からの熱い要望を受けましての、ボクシング部創部について、これまでの経緯と事情をご説明させていただきます。その後、みなさまのご質問を受けたいと思います」

「演技」と「実戦」の違い、これからの練習内容を説明し、父兄からの質問に誠実に答えることで、PTAの疑問と心配を払拭《ふっしょく》しようとしていた。

「えー、では、父兄の皆様からのご質問を受けたいと思います――」

「はい！」

　手を挙げたのは阿部だった。胃がキリリと痛む。阿部は手渡されたマイクを受け取って咳払いすると、慣れた感じで喋り始める。

「『実戦』になれば、頭や顔を怪我することだってあるんですよね？」

「いいえ。試合中もヘッドギアを付けるので、致命的な大きな怪我はまずありません」

「でも、鼻を折ったりがないとは言えないんでしょう？」

　きちんと理解してもらうために、あえて「ないとは言えません」と答えた。PTAから、ほうっと吐息が漏れた。明らかに「鼻が折れるなんて大怪我じゃないか。うちの大事な娘をどうしてくれる」という抗議の溜息だ。

　一瞬言葉に詰まって見上げる。と、体育館の奥の二階に人影が見えた。マットの陰に隠れるように凛たちがいる。きっと心配になって、父兄説明会の様子を窺っているのだろう。

「高校生の試合用のグローブは十オンスという、分厚くて大きなものです。できるだけ双方の衝撃を軽減するために、そういうものを使っています。また、女子は力がそんなにあるわけではないので――」

「そういう一般論はもういいですよ。それより、本田先生、あんた、隠してることがありますよね？」

阿部が突然低い声で言った。

笑いたいような泣きたいような気がした。もう取り返しはつかない……。

阿部が口にしたのは、俺の前任校近くの取引先で耳にしたという、あのことだった。

「本田先生の前任校で、ボクシング部の生徒が網膜剥離を起こしていますよね。失明は免れたが、その生徒には後遺症が残った——違いますか？」

脳裏に忘れたくても忘れられないあの日のことが蘇っていた。


練習中にスパーリングをしていて、俺の放った右ストレートをまともに食らった近見は、左目をおさえて、うずくまった。

部員たちは「近見のヘッドギアがずれていたのが、不運だったのだ」とも「不慮の事故だ」とも言ったが、自分の指導者としての責任を重く感じていた。比較にはならないが、自分自身が高校時代に交通事故で部活を引退していたので、その無念は我がことのように感じられた。

その日、近見の病室を見舞った。近見は俺をなじる母親に言った。

「先生のせいじゃない。俺のせいなんだ。俺が目のことを言わなかったんだ……だから、先生を責めないでよ」

涙なしには聞けなかった。

気づけば俺は土下座していた。母親も近見も「やめてください」というが、「もう二度とグローブを付けないから、許してください」と謝り続けた。

　近見は何も言わずに、ただ泣いていた。

「その子は、人生棒に振ったんだろ？　なのに、あんた、まだ懲りてないのか⁉」

　阿部の発言は続いていた。

「本田先生、本当ですか？」

　同席していた教頭が俺に目を剥いて、小声で聞く。

「あれは……事故みたいなもので――」

　何を言っても言い訳にしかならない。口がからからに乾く。

「先生、それ、本当なんですか？」

　唯一の賛成派だった美紗緒の父が俺に問いかけた。

「ねえ、先生、嘘でしょ？　事実じゃないでしょ」

　美紗緒の父のすがるような目を見ていられなくなって、目を伏せた。

「事実です。二年前、筋肉の柔軟性、腕力、スピード……高校で始めたとは思えないほど才能のある少年が、網膜剥離を起こしました。彼は、二度と試合はできない体になりました――」

「けど、それは――」

　とびぬけて澄んだ声が体育館に響いた。

「――それは、先生のせいじゃないんでしょ」

突然、体育館の奥二階にいた凛が叫んでいた。口を歪めて首を振った。

「いや、気づかなかったわたしの責任です――だから、グローブを付けないことを誓ったんです」

凛や綾香たちの顔から表情が消えた。練習の時ミットは付けても、決してグローブを付けようとしない俺のことを不思議に思っていたのかもしれない。ボクシングの怖さを初めて知ったのかもしれない。

それとも、オトナの汚さを知って呆れ果てたのか……。

「なんでそんな大事なこと、隠してたんだ……」

美紗緒の父は情けなさそうに言った。一言もなかった。美紗緒の父は「先生、悪いけど俺、やっぱり反対だわ」と吐き捨てるように言うと、体育館から出ていった。

会場が騒然とし始めたので、見かねた教頭が代わってマイクを持った。

「お静かに、みなさん、冷静な話し合いをお願いします」

その後、凛の母親が「ボクシング同好会の練習だって危険なのではないでしょうか」と言い始め、部への昇格どころか同好会の練習が一週間停止されることになった。

終わった……。「館女」も、群馬も、ボクシングも、もう終わった。後始末してまた東京に帰るのだ。

翌日の職員室では針のむしろ状態だった。誰にも話しかけられず、誰も目も合わせてくれない。そんな中、家庭科教師の真由子がそっと手招きする。

「練習、一週間お休みになったんですよね？　でも、一人、やってる子がいるの、御存知ですか？」

「え？」

体育館の二階に行くと、瘦せすぎの生徒が一人縄跳びを飛んでいた。練習初日にミット打ちをして手首を捻挫したトロコだった。人一倍トロくて、最初は縄跳びを一回も飛べなかった彼女が二重飛びで軽快に飛んでいた。

誰かが来る気配がしたので、そっと用具室に隠れた。

やって来たのは、様子を見に来たらしい綾香たちだった。

「あんた、何やってんの!?」

トロコは縄跳びをやめずに答えた。

「わたしさ、ボクシングをやって、今までできなかったことができるようになった……縄跳びも、腕立て伏せも、一回もできなかったのに――ボクシングをやりたいって思ったら、できるようになったんだ」

みんな、確かに筋力もついて反射神経がよくなっていた。

「わたしも、机から消しゴムが落ちる瞬間に反射的にキャッチできるようになったよ」と、綾香がゆっくり言った。

「わたしも、前みたいに転ばなくなった。転ぶ前にブレーキがかかる」と、茉莉花。

「いつの間にか、みんな運動能力が上がってるんだね。イエーイ」

綾香がおどけるように言うと、やって来た七海が言った。

「しごかれてるもんねー」

そんな綾香にトロコは頑として言った。

「わたしは、ボクシングをやめたくない――」

「わたしも！」とすぐに言ったのは、ジャージ姿の凛だった。

凛はトロコの隣で縄跳びを始めた。「わたしもやるよ」と、綾香たちもいつも最初にやる体操を始めようとする。見ている七海が言う。

「みんな、そんな焦らないで。まず、着替えてこよう」

「そうだね。ラジャー」

綾香たちは更衣室に駆け出て行った。


こっそり体育館を出た俺は校庭の端のアカマツの木のところまで来ると、立ち止まって考え込んでいた。俺に対する恨みつらみを口にする者がない。みんな涙が出そうなほど明るくて、前向きだ。

そこへ、体育館の様子を見てきたらしい真由子が現れた。

「練習している子、増えてるじゃないですか」

「懲りないやつらなんです」

「かわいいわね、みんな」

真由子の言うとおりかわいいやつらだ。そして、しょうがないやつらだ……。

「先生は、二年間もグローブを付けてないいんですよね。もういいんじゃないですか？　みんなもきっとそう思ってるんですよ」

「……いや、まだ二年です。そんなもんじゃないです」

真由子に顔を向けられなくて、アカマツを見上げた。

「本田先生も……ずっと、つらかったでしょうね」

不覚にも涙腺がゆるみそうになる。上を向いたまま目をぱちぱちさせて、堪えようとした。こういう時の優しい言葉が一番こたえる。

さらなる慰めの言葉を予想していた。「でも――」と、真由子は続けた。

「みんな乗り越えようとして頑張ってるじゃないですか。本田先生は、やらないんですか？　やらなくて後悔しないいんですか？」

「……」

「やらないで後悔するより、やって後悔した方がいいと思いませんか⁉」

歯を噛みしめて、頷いていた。

「田中先生も、前向きですね」

真由子はにっこりする。

「わたしも『館女』出身なんです。しぶとくて、ここぞという時に打たれ強い『群馬女』」

胸を張る真由子にすっかり納得させられていた。「清く、優しく」なんていうのは、表向きの「館女」のスローガンで、本当は「強く、しぶとく」なのだ。

「田中先生、ちょっとつきあってもらえますか？」

真由子にある提案を耳打ちした。

俺は真由子と一緒に十八人の家を回ることにした。久しぶりにスーツ姿になり、勇気を振り絞って学校に近い家から回っていった。

「お願いします。生徒たちにどうかチャンスをください！」

玄関の扉さえ開けてくれない家もあった。だが、これが教師としての最後の仕事かもしれない。開けてくれない家には「また来ます」と声を掛けて帰った。居留守の家には置手紙を残した。心が折れそうだったが、真由子と一緒なので弱音も吐けない。相手の話を聞き、納得するまで説明するしかない。歯を食いしばって耐えた。

数軒目の家が『阿部酒造』だった。昨日やりあったばかりの阿部と再び対決するのは苦痛だ。そんな俺の気持ちを逆なでするように、あのだだっ広い大広間に通された。

阿部が現れると、俺は手をついて謝った。

「前任校での事件を隠していました。結果的にだますようなことになって、申し訳ありませんでした」

綾香たちの熱意が俺を突き動かし、「実戦」に向かわせた経緯を語る。腕組みをした阿部は目を閉じて聞いている。言葉が途切れそうになると、あの凍える体育館で嬉々として練習する綾香や凛の顔を思い浮かべ、自分を奮い立たせた。

やがて、阿部は「『実戦』なんかやって、何かあったらどうするんですか」と低い声で言った。

「何かあったら……」

脳裏に病室で声を殺して泣いている近見の姿が思い浮かぶ。

「そんなことにならないようにします。もし、何かあったら……わたしが責任取ります！」

阿部は俺をギロリと一睨みすると、不意に立ち上がり大広間を出ていった。

そして、店から持ってきたらしい一升瓶と湯呑み二つを手に戻ってきた。『大吟醸・館林の風』と書かれた一升瓶を塗りの美しい黒い座卓の上にドンと置く。

「どう責任を取るんです？」

「――教師を……辞めます」

内ポケットに入れていた辞表を阿部に差し出した。隣に座る真由子が体を強張らせている。

阿部は湯呑みに大吟醸を注ぎ、一つを俺に差し出した。

「館林の美味しい水で作った酒です」

こういう時は飲み干さなければならない。必死の思いで湯呑みを空けた。

ぶどうのような香りがした。最近ちゃんとした食事をしていなかったせいか、アルコールが腹にしみわたる。すっきりとして旨みのある酒だ。上等な酒だと思ったが、うまく言葉にならない。酒に弱いので、酔っ払ってひっくり返ってしまうのではないかと緊張する。

「美味いですっ！」

と、阿部はクッと笑った。余裕で自分の湯呑みを空け、また一杯、俺の前に注ぐ。

無言で飲む。阿部も飲む。

そして、四杯目を飲んだ俺に五杯目が差し出された。

いつの間にか、座卓に手をつかないと姿勢を保てない。視界がぐるぐる回っているが、震える手で目前の湯呑みに手を伸ばす。

その時、隣にいた真由子がすっと湯呑みを取り、くーっと一気に盃を空けた。彼女は手で口を拭う。

「みんなの話では本田先生はかなりお酒に弱いそうなので、ここからはわたしが代わって頂きます」

真由子の突然の〝啖呵〟だった。すると、阿部が弾けるような大声で笑い始めた。

「ははははは……全く、『館女』生には敵わんな。実は、娘もあれから『ボクシング部の活動を許してくれるまで食べない』と言ってハンガー・ストライキを始めてな……」

困った顔で首を振る阿部は、俺の辞表を手で滑らして返してきた。

「わたしは校長ではないので、これは預かれん。だが、ほかの父兄と先生方はボクシング部創部に反対しないように説き伏せよう」

阿部は打ち解けた調子になっていたが、こちらはアルコールが頭に回って気を抜けば倒れそうだ。とにかく阿部の顔を見続ける。

「但し、条件がある――」

阿部の大声に俺の背筋が伸びる。

「あの子たちの誰かが『全日本』で一勝すること」

次の「全日本」は十か月後に迫っていた。「実戦」には、オリンピック候補の強豪も参加する。文字どおり日本のトップを決する大会だ。そこで一勝することは、ずぶの素人に「プロ相手に勝ってこい」というような無理難題だ。

しかし、それしか道はない。

「――分かりました……必ず一勝します！」

「勝てなかったら――？」

「勝てなかったら、その時はボクシング部を廃部にします――」

阿部は再び嬉しそうに大きな声で笑った。

そして、まだまだ飲めそうな顔をしている真由子の前の湯呑みに大吟醸を注いだ。なみなみと揺れる酒を見て彼女がにんまりする。
その瞬間、記憶はプツリと切れていた。

第4章

「館女」赴任から丸一年が経ち、本来なら少しは余裕ができるはずが、職員会議、予算の承認、活動場所の確保など創部のために忙《せわ》しない日々を過ごしていた。気づけば桜が散り始めていて、時が過ぎる早さに改めて感じ入っていた。

充電していた二年間を思えば、時にはこんな時期があってもいい。凛たちのために一日も早い創部を目指して奔走した。ＰＴＡ会長の綾香の父親も約束通りフォローしてくれ、新学期にはようやく正式にボクシング部が立ち上げられた。

二年生になった綾香が部長になり、「演技」ではなく「実戦」に向けた猛練習を始めた。と言っても、怪我をさせないことに力点を置いている。念には念を入れて、慎重すぎるくらいでちょうどいい。アップもストレッチも念入りにさせていた。

まずは体を温めるためバドミントンをする。俺の心配など頓着せず、みんなきゃあきゃあと嬌声《きょうせい》をあげ、白い歯を見せて楽しんでいる。トロコがやると、まるで羽根つきだが、凛などはいつの間にかボクシングのフットワークを踏みながらラケットを振っている。

次に、それぞれがヘッドギアとグローブを付けて、一対一でスパーリングをする。まだ本気で打ち合うのではなく、相手を殴る寸前でパンチを止める「寸止め」だ。

全員がヘッドギアを付けたところで、普段控えめな三人組が小声で笑っている。たまに頭が大きすぎて、標準サイズのヘッドギアが合わないことがある。

「どうした？」

三人はうつむいて、にんまりしている。

「なんで笑ってた？　サイズ、合ってるか？」

三人が頷く。やがて、一人が小さな声で言った。

「オソロだったから……」

「オソロ？」

「ヘッドギアの色がオソロ」

見れば、三人とも赤色のヘッドギアだ。色が一緒だったから笑っていたという。

「あ、ああ」

納得するふりをしながらも、首を振っていた。そんなことで盛り上がれる女子校生はまるで異星人だ。まだまだ馴れない。いちいち気に留めないようにしよう。

その日は綾香と茉莉花が初めて「寸止め」ではない本気のスパーリングをすることになっていた。

ヘッドギアをすると視界が狭くなるので、今までにない恐怖感が湧く。ヘッドギアから覗く綾香の表情は妙に神妙だった。相手の茉莉花も借りてきた猫のようだ。

始めの合図に笛を鳴らしたが、二人とも見合って、互いの位置をくるくる変えるばかり。

全く手が出ない。相手に殴られるのも怖いが、殴るのはもっと怖いのだ。

今まで「演技」の練習では、俺のミットに打ち当てるだけだった。親に手をあげられたこともない綾香としては人を殴ること自体に身がすくむのだろう。

「綾香、ジャブでいいから、出してみろ」

綾香はこわごわ左手を伸ばす。全然当たらない。

茉莉花は避けもせず、きょとんと棒立ちになる。

「茉莉花、お前もジャブを出せ」

言われた茉莉花は「えっ」という顔になった。それから、やおら左手を突き出す。もちろん綾香まで全く届かない。

「よかった、当たらなくて」と二人がお互いに心の中でほっとしているのが見える。これじゃ一生打ち合えない。

「茉莉花、当てなきゃ。綾香を恋敵だと思って、打ってみろ」

茉莉花は突然はっとしたようになり、肘《ひじ》を体にひきつけて相手を狙う体勢になった。

「そうだ、いいぞ」

綾香の目に恐怖心が浮かぶ。

だが、次の瞬間、〝お嬢様〟のプライドなのか、綾香は負けずに茉莉花を見返した。

互いに見合って、隙を狙う。気合が入って真剣な表情になった。

「そうだ、いいから、二人ともまず一発出してみよう」

そう言った時だった。

綾香がものすごい勢いでストレートを決めた。

やればできるじゃないか。ところが、パンチが当たった瞬間、二人は突然女子校生に戻った。

「ごめんねごめんねごめんね……」

綾香がぴょんぴょん飛んで、茉莉花に駆け寄る。

殴られた茉莉花が頭を左右に振って言う。

「大丈夫大丈夫大丈夫……」

綾香はグローブをはめた手でヘッドギアの中に納まる茉莉花の顔を包むようにして、覗きこんでいる。

「本当に大丈夫だった？　痛かった？」

「ううん、全然全然」

「本当に本当に？」

その時、七海が木槌を木の椅子に叩きつけ始めた。

「カン、カン、カン、カン……」

その力強さにぎょっとする。試合で打ち鳴らされる拍子木の音に慣れるため、ダンベルやフットワークの交替を知らせる時に鳴らすよう頼んだのだ。

「カン、カン、カン、カン……」

七海は躊躇《ちゅうちょ》するということがない。木槌を打ちつけられる木の椅子は、ぐらぐらしている。早くも壊れそうだ。

もしかしたら、彼女がグローブを付けると十八人の中で一番マトモなパンチが打てるかもしれない。つい七海の顔をまじまじと見てしまう。

「なんですか？」

きりっとした顔で七海は見返す。そして、ふと思いついたように二リットル入りのペットボトルをかざした。

「先生、これ、飲み水じゃないですから、飲まないでくださいね」

ペットボトルの中身は透明で、どう見ても水だ。

「何が入ってるの？」

間に入って聞いたのは休憩に入った美紗緒だった。ヘッドギアをはずした彼女の額には、玉のように汗が噴き出している。

「ミョウバン水」

「ミョウバン？　理科の実験に出てきたやつか？」

「なすの色止めに使うやつだよね？」と、美紗緒がしたり顔で言った。

「そう。ヘッドギア、ちょっといい？」

七海は美紗緒が外したヘッドギアを取ると、ペットボトルのミョウバン水を布につけて、ものすごい勢いで拭き始めた。

「ミョウバンは、殺菌効果があるんです。だから、雑菌の繁殖を抑えて汗の臭いを消すんですよ」

得意のインターネットで調べたのだろう。七海はこっそりエタノールでヘッドギアを拭いていることも、俺は知っている。

感心したふりをする。その実、彼女たちの消臭への熱心さについていけない。

「飲んじゃうといけないからさ、書いとけよ」

「飲んでも死にませーん」

七海はそう言いながら、「みょーばん水」とマジックでキコキコ書いた。

校門の花が散ったヤマザクラに黒い実が生った。一応サクランボのような形をしていて、甘酸っぱい香りがする。鳥についばまれたりして、小さな実が辺りに落ち始めた。実を踏むのはかわいそうな気がして、歩く時は避けて歩いた。

練習後、体がギシギシになっている部員たちも俺の真似をして避けて歩く。

その頃、練習の中心は基礎トレーニングになっていた。

「実戦」では二分×三ラウンドを闘い抜かねばならない。栄養管理や減量などコンディションにも気を配りつつ、筋肉トレーニング、ロードワークなど基礎体力の強化が緊急課題だったのだ。

ダンベルを左右交互に突き出しながらランニングしたり、ボクシングのフットワークで前後左右に動いたり、古タイヤを使って踏み台昇降運動をする。

練習を始めた一週間は筋肉痛でヒーヒー言っていたが、そのうち、みんなケロリとしてやるようになった。ただ一人ついていけないでいたのがトロコだった。そのトロコには「ルーの法則だ。頑張れ」と声を掛けた。

「ルーの法則？」

トロコがうつろな顔で聞き返す。

「筋肉は鍛えれば鍛えるほど、進化するっていう、イギリスかどっかの偉い人が考えた法則で――」

説明していると、スマートフォンで検索した七海が両手で丸を作った。

「大体あってる。ドイツの生物学者だって……『人間の器官は適度に鍛えれば、発達し続ける』んだって」

それを聞いたトロコはまた静かにスクワットに戻った。

どういうわけか、男子が筋トレを始めると、だんだん過激になって「ふはっ、ふはっ」と鼻息が荒くなっていく。女子は全く無音だ。音を立てるのが女子としての身だしなみに反するらしい。

体幹も鍛える。側筋や、背筋は、みんな普通にやったが、腹筋運動する段になって、全員が顔にフェイスタオルをのせた。

「みんな、どうした？」

誰も答えない。やがて、茉莉花がちらっとタオルを開いてこちらを見た。目が合うと、もじもじしている。

「なんだ？　言ってみろ」

「――乙女心です」

「乙女心？」

「歯を食いしばっているような醜い姿は見せたくないんです」

誰も見てないじゃないか。誰が見ているのだ？　異論はあるが、やめろとは言い難い。確かに自分だって中学生の頃は顔の真ん中にニキビができると、絶望的な気分になった覚えがある。きっと女子校生は感受性が豊かなのだ。平然と笛を吹き続けた。

みんな、ボクシングのことには従順だが、やみくもに注意すると十八人から軽蔑のまなざしを向けられ、総スカンを食らう。些細なことが彼女たちにとっておそろしく重大なことであったりする。

ただ、綾香が風邪予防のため、マウスピースをした上にマスクをして練習しようとした時は止めた。

「それは、さすがにヘンだろ」

「ヘンですか？」

「息苦しいだろ？」

「はい。でも……」と綾香は口ごもって、小さな声で言った。

「マウスピースを付けると、上顎が出て……ブサイクになるんです――マスクをすればそれが隠せます」

一石二鳥だと思ったらしい。俺は首を振って「とにかく、ヘンだから――」としか言えなかった。

日々、いろいろな意味で闘いだった。

ようやくスパーリングが本格的になってきたのは、夏休みが始まる頃だった。


前園学園の高いアーチのある校舎の正面はガラス張りで、その一部にステンドグラスがはめられた贅沢な造りだった。

「すごいキレイ……」

「『前学』って、こんなすごかったんだね」

生徒たちはピカピカの校舎を仰ぎ見て感心していた。

「館女」の校長はボクシング部の初めての夏合宿に学校の敷地内にある同窓会館に寝泊まりすることを勧めたが、それではいつもと同じだ。そこで、同じ私鉄沿線の近隣校でスポーツ名門校の前園学園に胸を借りることにした。学園の敷地内にあるできたばかりの宿泊施設に泊まり、常設リングのある練習場所を破格の宿泊料で提供してもらえるのは有り難い。

「おはようございます。お世話になります」

ジャージ姿の男性が歩いてくるのを見て、全員で頭を下げる。前園学園の斎藤先生だ。国語教師の斎藤は四十歳絡みのいかつい体つきをしている。学生時代、高校選抜でベスト8に残ったという北関東では有名な指導者だった。「全日本」で知り合いになった斎藤には何かと助けてもらっていた。彼は十八人の「館女」生を見て目を細めた。

「こうして見ると、すごい人数ですねえ」

「はい、みんな初心者ばかりですが、よろしくお願いします！」

斎藤は宿泊施設に生徒たちを案内すると、練習場所に戻っていった。

生徒たちの部屋は、二段ベッドの並ぶ六人部屋が三室。全体に白を基調とした造りで、テレビや小さな冷蔵庫もあり、インターネットも完備していた。

茉莉花と凛はうっとりしている。

「ウチの部屋より、よっぽどキレイ」

「ここに住みたい……」

天井まである大きな窓から練習場所が見えた。そこから外の風景を見た美紗緒が信じられないものを見たように息を止めた。

「男だ！　男がいる！」

「え！　男！」

美紗緒の声はよく通る。みんな、窓に張りつくようにして外を見る。

今回は共同合宿なので、共学の前園学園やとある男子校のボクシング部もリングを使うことになっていた。その男子生徒たちが走り込みを開始していた。満面の笑みというのはこのことだ。十八人がうっとりとしている。

少しいやな予感がした。


残念ながら予感は的中した。男子を前にして全員が挙動不審になっていた。スパーリングなどの練習の時は集中しているが、合間の休憩になるとキョロキョロお目当ての男子を目で探す。もちろん男子生徒の方も満更でもないらしい。目が合ったりすると、互いに照れ笑いする。それを目ざとく見つけた茉莉花が肘でつつく。

いつものとめどないお喋りがない代わりに〝乙女〟全開だ。動きもなんだか、なよなよして女っぽい。

中でも美紗緒の豹変ぶりには驚いた。

これまで全くおしゃれをする気などなかった彼女が前髪をゴムで結び、リップグロスで唇をプルプルに光らせている。おしゃれとは言い難いが、本人はきっとおめかししたつもりだ。

「あの子、カッコイイ」

美紗緒が茉莉花に話しかける。

「どれ？」

「あの黒ジャージ。ライトフライ級ぐらいの」

超細身の男子を気に入ったようだ。その男子生徒の方を向いて、しなをつくった美紗緒の目にハートマークが見えたような気がして、思わず目を瞬《またた》いた。

「美紗緒、『花開いた』んですよ」

生徒たちの変化についていけないでいることを見抜かれたのか、七海が囁いた。

「女子校の子が大学に入ると、まじめな子が突然おしゃれになり、美しく変身して、合コンに明け暮れるじゃないですか。そういうのを『花開く』っていうんです」

もう一度美紗緒を見る。なるほどそういうものか。しかし、そう言う七海ですら、大きなピンクのリボンを頭に付け、ちゃっかりアピールしていた。


シャンデリアのある食堂の長いテーブルに各校のマネージャーが協力して腕を振るった本格カレーとサラダがずらりと並んでいた。合宿初日の夕食は参加者の懇親会を兼ねていた。誰の発案なのか、テーブルの片側に男子、反対側に女子が座ることになっていて、まるで合コンをする男女にしか見えない。ただし、全員がジャージ姿なのと、酒がないので健全そのものだった。

美紗緒はいつの間にか黒ジャージのイケメンの前に座っていた。黒ジャージしか目に入らないようで、彼のお茶が少しでもなくなると注ぎ足す。どうやら彼は試合に備えて減量中らしい。本来ならご飯のお代わりをよそったり、しょうゆを注いだりまめに世話したいのだろうが、お茶を注ぐぐらいしか気の遣いようがないらしい。

「佐竹《さたけ》君はぁ、階級はライトフライ級ぅ？」

「モスキート級」と、佐竹君はぶすっとした顔で言った。

「すごぉい！」

モスキート級は、約四十五キログラム以下の一番軽い階級だ。おそらく、彼女の現在の体重からマイナス二十キロといったところ。それより「すごぉい」と言った美紗緒の声が、かわいらしいアニメ声になっているではないか。こっちが「すごぉい」と言いたい。

「女子校の子は、男子との距離感がつかめていないから俄然尽くしちゃうんです……美紗緒は純粋だから、怪我しないといいんだけど……」

横に座っていた綾香が小声で言った。何にでも好奇心が強いのに、意外に目の前の男子には興味が湧かないようだ。凛と綾香がみんなほどヒートアップしていないことは救いだった。

ふと見れば、トロコの席の両側がなぜか男子になっている。そして、トロコの体はやたら男子に傾く。右側の男子と話すと右に擦り寄り、左側の男子と話すと左になびく。「どっちかにしろ！」と言いたいくらいだ。あんまり分かりやすいので笑うしかない。

「免疫がないというのは、怖いですね」

俺の心の中を見透かしたように七海が言った。

「みんな、人格まで変わっています。これが本性なんでしょうか……」

夕食の買い物と料理に奔走した七海にねぎらいの言葉を掛けるのも忘れて、頷いていた。

こんな時「館女」一番の美女が活躍するのではないか……。茉莉花を探すがいない。

「茉莉花は？」

七海は肩をすくめた。

「さあ、トイレかな？」

七海が嘘を言っている風なので、妙な気がして食堂を出て探した。

すると、宿泊施設の方へ行く廊下で、茉莉花が窓の外を見て立ち尽くしていた。声を掛けようとしてやめた。彼女は声を押し殺して泣いているのだ。

その視線の先を追うと、ライトアップされた広い校庭で前園学園のスター選手の沙希が一人走り込みをしていた。

いや、一人ではない。マネージャーがストップウオッチを持って、走行時間を記録している。だが、つい先ほど前園学園のマネージャーは食堂でみんなにデザートのみかんゼリーを振る舞っていた。

前園学園にはもう一人マネージャーがいるのか？

と、その時、気づいた。それは茉莉花を振った優真だった。

優真は走り込みの合間に沙希に水のペットボトルを差し出したり、タオルで汗を拭いてやったり、忙しい。優真は「全日本」で姿は見かけなかったから、正式な部員ではないのだろうが、かいがいしく世話をする様子から、沙希のカレシ兼個人マネージャーのようなつもりでいるのだろう。

「茉莉花？」

声を掛けると、茉莉花は涙をさっとぬぐって振り返った。

「あ、先生！」

何事もなかったように繕っている。

茂林寺で振られた時も翌日にはサバサバしていたので、切り替えの早さに拍子抜けしたほどだ。だが、あの時「もう大丈夫」なんて言っていたのは強がりだったのだ。本当は一途に優真のことが好きだったのだ……。

そこに、沙希と、沙希に子犬のようにまとわりついている優真がやって来た。

半年ぶりに見た沙希は短かった髪を伸ばして編み込んでまとめていた。精悍《せいかん》な印象は変わらないが、表情がぐっと女っぽくなっていた。

その沙希は茉莉花を見ると、まっすぐ歩いてくる。

「優真に何か用事——？」

茉莉花が首を振る。

気がひけるのか、優真は沙希の背後に隠れるようにして、茉莉花の方を見ようともしない。気弱な優真が女子で、力強い沙希が優真を守る男子のようだ。

沙希と茉莉花は、じっとりと見合った。

息が詰まって、たまらず一声掛けようとした時だった。

沙希がふっと鼻先で笑うようにして睨み合いをやめた。

そして、優真を連れて食堂の方へ歩いていく。茉莉花の脇を通り過ぎる時、沙希はぼそっと言った。

「弱い女には、誰もついてこない――」

思わず沙希の後ろ姿を睨みつける。気づけば右手の拳を握りしめていた。その右手の袖を茉莉花に引かれて、はっとする。

「いいんだ。先生。わたし、全然平気」

茉莉花は先ほどまで涙で濡れていた頬を指でつまむようにして、変顔をしてみせた。

「ほら、先生、笑って。笑って」

美人の変顔はやっぱり美人だったが、心の痛みが伝わってきた。俺は懸命に笑ってみせた。茉莉花はそれに応えるようにもう一度溌剌《はつらつ》とした笑顔を作ると、食堂に戻っていった。


「まるで一つの街だね」

「うん。すんごいリッチ。『前学』もすごかったけど、上には上があるんだねー」

綾香たちは広大な敷地に造られた東京のW大のスポーツセンターの施設の素晴らしさに目を見張っていた。合宿最終日、ボクシングでオリンピック強化選手に選ばれた大学生や一般の選手が練習をしているというので、合同合宿の参加者全員が急遽そこに合流させてもらうことになったのだ。

さすがに名門大学のスポーツセンターは規模が違った。大学の広いキャンパス内にボクシングなどの格闘技場はもちろん、野球場、テニスコート、サッカー場、ホッケー場。馬場までもある。優雅に馬を乗りこなしている馬術部らしき大学生を見て、生徒たちは目を丸くしていた。

中でも凛たちが羨ましそうな顔になったのは、サンドバッグが何個も天井から下がっているのを見た時だった。いつも一個しかないサンドバッグを取り合うように練習していたからだ。

さらに「せっかく来たんですから」と、大学側の好意で学校代表同士の練習試合が行われることになった。

前園学園の代表はもちろん沙希だ。

勝てるとは思えないが、一発でもお見舞いできれば、茉莉花の悔しさが晴れるのではないか。沙希の相手として茉莉花を出したい。だが、沙希はライトフライ級だ。以前は茉莉花もその階級だったが、身長が伸びて体重も増え今ではその上のフライ級になっていた。

そこで、猛特訓で自信をつけた我が校のエース、凛を出すことにした。

正式の試合ではないが、アマチュアボクシングの試合でセコンドは二人つく。一人は選手に指示を与えるコーチ的役割、もう一人はインターバルにマウスピースを洗い、水を含ませたりするマネージャー的役割。

自分以外に、もう一人セコンドをつけなければならない。通常はマネージャーの七海を指名するが、せめて今日は茉莉花にセコンドとして手伝ってもらおう。

「じゃあ、セコンドは、茉莉花」

茉莉花はにこりともしないで真剣な顔で頷いた。

試合直前、茉莉花はヘッドギアを付けた凜に言った。

「絶対、一発決めて！」

「うん」

事情を知っている凜もこっくりと頷く。

「カーン」

ゴングが鳴り、凜が軽いフットワークでリングの中央に出ていった。

沙希はそんな凜を見つめて目を離さない。

凜は沙希に見据えられて、一瞬射すくめられたように身を縮めた。恐怖感を吹き飛ばすようにジャブを出す。

沙希は凜の動きが手に取るように予測できるのか、ひょいと避けると、たちまち強いパンチを応酬する。

凜のパンチは見事に一発も当たらない。

ボクシング一家で育ち、中学時代からボクシング・ジムで鍛えていた沙希のスピードとパワーはケタ違いだった。

「凜、一発決めよー」

その時、茉莉花が声を掛けた。そうだ。実力差に打ちひしがれていては駄目だ。

「凛、落ち着いて。ゆっくりゆっくり」

だが、凛は沙希に完全に圧倒されていた。あっという間にメッタ打ちにされ、ロープ際に追い込まれる。

「だめだ、息が上がってる！」

その瞬間、沙希のレフトが痛烈に決まる。その衝撃に耐える凛に今度は右ストレートが打ち込まれる。

凛は膝から崩れ落ち、レフェリーがカウントし始める。

「1《ワン》、2《ツー》、3《スリー》……」

掲示板の時計ではまだ試合開始から一分も経っていない。

「4《フォー》、5《ファイブ》、6《シックス》、7《セブン》、8《エイト》」

凛はようやく立ち上がった。

レフェリーに「大丈夫です」と頷いて、沙希に向かっていく。

だが、軽い脳震盪を起こしているに違いない。リングに倒れた近見の姿がだぶる。凛は大丈夫なのか？

必死に様子を見守る。最初に俺が教えたとおりにどんな時でも相手の目をまっすぐに見る凛の目がくもっている。

アマチュアボクシングは、レフェリーが早めに試合にストップをかける。だから、倒れるまで闘うなんていうことは稀なのだが……。

沙希にもう一度ストレートを食らった時、夢中でタオルを投げていた。

それを見たレフェリーが試合を止めた。

わずか、第一ラウンド四十五秒で試合が終わった。

レフェリーがヘッドギアとグローブを取った沙希と凛の手を持つ。

そして、沙希の手が挙げられ、沙希の勝利が告げられる。

その刹那、凛の顔が悔しさにくしゃっとゆがんだ。

背後にいる茉莉花も必死にしゃくりあげるのを抑えようとしていた。

「一発も……打てなかった、凛が……」

茉莉花の言葉が切れ切れに聞こえていた。


「先生、なんで、タオルなんか……まだやれたのに」

控室で長椅子に座ったきり動こうとしなかった凛が、ようやく絞り出すように言った。

「怪我させたくなかったんだ――」

本心だった。凛の目がいつもと違うのを見た瞬間、「これはまずい」と思った。悪夢が蘇り弱気になった俺はタオルを投げていた。もし俺がそうしなくても、レフェリーが試合を止めただろう。

「四十五秒しか、闘えなかった……一発も決まらなかった――」

凛はバンテージを巻いたままの手で顔を覆うと、声を殺して泣き始めた。

「これをバネにして頑張るしかないよ。相手は何年もやってるプロみたいなもんなんだから」

「こんなの……誰にも見せたくない」

顔を覆ったまま首を振る。自分が「全日本」に出れば、父親が見てくれるかもしれない、と期待していた凛だったが「こんな姿なら、見せたくない」というのだ。頷くしかなかった。

「だけど……こ……あん……」

それ以上、もう言葉にならない。その涙に心をかきむしられるようだ。

カレシのことで沙希に敵対心を燃やしていた茉莉花も姿を消していた。人前では笑顔を絶やさない彼女は、きっとどこかに隠れて涙しているのだろう。凛の涙は茉莉花の思いも背負っていた。

本音を言えば俺も顔を覆って泣きたい。そこら中の壁を拳で殴りたい。試合が始まった時から、何もできない悔しさに歯噛みしていた。

凛ですらファイナルラウンドまで戦うことすらできなかった。ということは「館女」の誰もがそれ以下の実力ということだ。

これまで参加してきた「演技の部」では、初心者の「館女」メンバーでも意外に健闘できていた。まだまだ女子ボクシングのすそ野は狭いのだから、その気になれば「実戦」でもやれるはずだ、と過信していた。それなのに、ここまでの実力差があるとは……。

ＰＴＡと約束した「全日本」は、十二月。その予選は目前に迫っていた。

果たして、間に合うだろうか？

気づけば、俺も額を覆って考え込んでいた。

やっと控室を出た時、廊下の向こうから歩いてきたのは折悪しく沙希だった。沙希は凛の前へ来ると立ち止まった。

「ままごとみたいなボクシングだね」

凛はむっつりと黙っている。

「遊びなら、やめれば？」

沙希は反応がないことを見てとると、行ってしまった。

凛も茉莉花も、沙希の容赦ない一言で失意のどん底に陥れられた。

「いつか倒してやりたい！」と、沙希の後ろ姿を見つめながら考えていると、七海がやって来た。俺の闘志を見抜いたのだろう。

「先生、落ち着いて」と、ジャージを引っ張る。

「ビッグ・ニュースなんですよ――」

なんとオリンピック代表選手候補でタレントの「かずちゃん」が、「美紗緒のスパーリングの相手をしよう」と言ってくれたのだった。

たまたまトレーニングセンターにシニアの視察に来ていた彼女は、美紗緒のことを小耳にはさんだ。彼女は以前、同じ階級の女子選手が日本にはなかなか居らず、対戦相手がいなくて苦労していた。それで、似た境遇の美紗緒のことを聞いて申し出てくれたのだ。

オリンピック候補ということはその階級の日本一だ。

「すごいチャンスですよね？」

七海は凛の惜敗を吹き飛ばすように明るく言ったが、美紗緒本人はビビりまくっている。

彼女は今、六十九～七十五キログラムのミドル級で、「かずちゃん」と同じ階級だ。ただ、横に充実している分、身長は低く、リーチは短い。体型的に断然不利だ。

有名タレントがスパーリングをすると聞きつけて、リングの周りに人が集まり始めた。

リング脇にいる美紗緒の顔はさらに青ざめる。

コーナーに上がった美紗緒はがちがちだ。少しリラックスさせなければならない。

「モスキート級のカレ、何て言ったっけ？」

「さ、佐竹君ですか？」

マウスピースを付けているので美紗緒の言葉はふがふがしている。

「佐竹君が、どっかで見てるかもよ」

一瞬、辺りを見回す。マウスピースを外して、首を振った。

「来るわけないです。佐竹君、華奢な女の子がタイプなんだもん」

すでに初恋は玉砕していたのか。顔に怒気が浮かぶのを見て、一番触れてはならないものに触れてしまったことを察知した。

「そうか……ごめんな、今はスパーリングに集中しよう」

美紗緒にマウスピースをはめてやり頭を撫でる。と、突然俺の背後を見たまま、凍りついたように動かなくなった。

振り返ると、後方に「かずちゃん」が立っていた。

でかい。

テレビで見るよりずっとでかいのだ。ヘッドギアから覗く顔は無表情そのもので、テレビで売りにしているような人のよさそうな笑顔など微塵《みじん》もない。

そのとろんとした三白眼で見据えられると、言いようのない恐怖を覚える。向かったことのない敵に向かっている恐ろしさ。思わずつばを飲み込んだ。

ゴングが鳴ると、スパーリングが開始された。

「かずちゃん」から見下ろされた美紗緒はますます怖気づいた。後ろへ後ろへ後ずさりしていく。まだ一発も打たれていないのに、美紗緒は見当違いによけたりして、体のバランスを崩す。もちろんパンチはかすりもしない。

相手はただ棒立ちしているだけなのに、その前にいる美紗緒が一人じたばたと息を切らしている。吹き出した汗がぽたぽたとリングに落ちる。

こんなスパーリングさせるんじゃなかった。始まって十秒も経たないうちに後悔してい

ろう、と誇らしいような気でいたが、美紗緒にこんなみじめな思いをさせるなんて……。

その日行われた練習試合で「館女」メンバーは誰一人勝てなかった。

予想外の圧倒的な弱さだった。

帰りのワゴン車は文字どおり「お通夜」だった。普通なら合宿の疲れで全員ぐっすり眠ってしまうところだ。運転席の俺は眠気との闘いになるはずだったが、全員の殺気に神経が逆立った。

最初に凛を慰めていたはずの綾香が泣き出した。

「綾香が泣いたら、だめじゃん」

そう言いながら、つられたように凛が鼻をすすりだした。

茉莉花が立ち上がって「失恋のダメ押しされたあたしが頑張ってるんだからさ、みんな泣かないで――」と、おどけようとしたが、言葉の途中で絶句して涙が止まらなくなった。

茉莉花の肩を抱いて慰めようとした美紗緒が嗚咽する。

「みんなが泣くと、伝染しちゃうよー」と、トロコがたまらずに言う。

そのうち、誰も喋らず、ただすすり上げる音が聞こえるだけになった。

いつもならみんなに声を掛けている。

「死ぬほど努力すれば必ず報われる。絶対無駄にはならない。努力さえすれば結果は必ずついてくる。人の人生ほど奇跡を起こせるものはないから」

自分でもそう信じているし、今でもその信念に変わりはない。それでも言葉にはできなかった。

どんなに努力しても越えられない壁がある。限界ということがある。自分自身もあまりの実力差を目の当たりにしてぐらついていた。夏休みの間中頑張ってきた生徒たちもそう思って揺らいでいるのだ。

「頑張れば勝てる。勝てたら、周りも変わる。自分も変われる。もっといい方向に行く」と凛を煽《あお》っていたけれど、本当にそうだろうか。

どんな言葉も虚しい。あのひどい負け方はどうだ。

何もできない自分が悔しくて、不覚にも頬を涙が伝う。

運転席にいて背を向けているから泣いてもばれない。少々ほっとしながら、そっと涙をぬぐった。

その時、バックミラー越しに七海と目があった。彼女はそのまま目をそらすと、窓の外の夜景を見つめた。

職員室に容赦なく差し込んでいた西日がようやく夕方になってかげり始めていた。

夏休みといっても授業がないだけで部活動の顧問をする教師に長期休暇はない。生徒に関する記録を記入したり、研修のレポートを作成したり、たまってしまった仕事を合宿で疲れた体に鞭打って片づけていた。この三日間は部活の練習が休みなので、その間にできるだけやっておこう、と思っていた。

そこへトロコがやって来た。封筒らしきものを手にして、珍しく硬い顔をしている。トロコは俺を見ると「参ったな」という表情になったが、デスクへ近づいてきた。

「気まずいから、先生がいない時に、出そうと思ってたんですけど……」

手にしていたのは退部届だった。

「辞めるのか？」

こくりと頷く。

「――本当に？」

「すみません……」

トロコが退部する――青天の霹靂《へきれき》だった。ＰＴＡからボクシング部創部の猛反対を受けた時、「わたしは、ボクシングをやめたくない――」と言って、みんなの気持ちを変えてくれたあのトロコが……。

「こないだのアレは……みんなビビってたからだよ」

トロコは黙って頷く。自分の言葉の虚しさを感じながら懸命に話を続ける。

「ビビっていると、余計ドキドキしてうまくいかない。でもな、人生はきっと変えられるんだ。人の人生ぐらい、奇跡を起こせるものはないんだ」

「でも――」

　トロコは言葉を探るように考えている。

「わたし、すごいボクシングには感謝してるけど――やっぱり運動音痴だし……受験勉強もあるし……ぶきっちょだから、一つのことしかできなくて――すみません」

　退部届の封筒が机の上に置かれた。

「みんなには、もう言ったのか？」

「はい……」

　長い沈黙が耐えきれない。何か話をしなければ……。

「――とか言って、俺も、高三の時、ボクシング部を辞めたんだけどな」

「そうなんですか？」

　トロコは俺の顔を見つめた。

「先生はなんで辞めたんですか？」

「うん――まあ、事故でそうせざるを得なかったんだけどね……」

　その時、ゴーンとどこかの寺の鐘が鳴るのが聞こえた。その余韻がもの悲しく夕暮れに溶けていく。二人とも黙ったまま鐘の音が消えていくのを聞いていた。

「――わたし、もう奇跡はいいんだ。奇跡は、なくていい――先生、ありがとうございました」

　やがて、トロコはすまなさそうにお辞儀すると、職員室を去っていった。

　トロコにつづいてもう一人、退部届を出した子がいた。十八人いたボクシング部は、十六人になった。

いつも一番ビリを走っているのに、へこたれないトロコが辞めた。その事実は、時を追うに従って重くなっていった。

どうして今なんだ。もっと辛い時を乗り越えてきたじゃないか。

どこかで「これぐらい乗り越えてくれる」という甘えがあったのかもしれない。

アパートに帰ると、たまっている洗濯や、引っ越した時のまま放置している部屋の片づけなど、やることはたくさんあったが、体が動かなかった。酒を飲んでもいないのに二日酔いのような倦怠感《けんたい》だった。

合宿最終日に実力の違いを見せつけられて、生徒たちもやる気をなくしていたが、自分でも思った以上に落ち込んでいた。

限られた時間の中で何ができるだろう。これまで何か間違っていたんだろうか。行きつ戻りつして考えるうち、まどろんでいた。

夢の中で高校三年の自分に逆戻りしていた。

不注意なバイク事故で右腕を骨折した俺が骨折していない左手で苦労して算数の問題を解いていた。

「解けない、解けない、解けない……」

小学生の解くような算数のワークブックなのだが、ウンウン唸《うな》る。その自分の寝言の大きな声が耳に入って目が覚めた。

実際に高校三年の時、バイク事故を起こし部活を引退していた。その時に慰めてくれたのが、ボクシング部のお飾り顧問だった数学の安川菊乃《やすかわきくの》先生だった。小柄で赤い縁の眼鏡をかけた安川先生は、面倒見のいい近所のおばちゃんのような教師だった。俺は早くに母親を亡くして、父や兄は仕事や勉強でいっぱいいっぱいだったので、世話を焼いてくれるオトナに出会ったのは、安川先生が初めてだった。

安川先生の励ましをきっかけに、一浪して大学にも行き数学の教師にもなった。

あのワークブック、どこにあるだろう？

引っ越し以来、解いていなかった段ボールを開けていく。

見つかったワークブックは紙が黄色く変色していた。みみずがのたうち回ったような字。今見れば、こんな問題を間違えたのか、というような簡単な問題を間違えている。

最後のページに先生のコメントがあって、目が吸いつけられた。


「本田君、大変な時によく最後まで頑張りました。でも、この頑張りは決して無駄になりません。人の人生ほど奇跡を起こせるものはありません。もっともっと頑張ってください。期待しています。

安川」


俺がいつも生徒に言っていることと同じ言葉が綴《つづ》られていた。気づかないうちに安川先生からのコメントを大事にし続けていたようだ。

近見の事件があって、何もかも投げ出していたが、高校生の自分は先へ進めることを信じていた。信じていたからこそ、先に進めた――。

そうだ。できるんだ。

ボクシングのできる健康な体で生きている。どんなことだってやれるはずだ！

その日の朝焼けは美しかった。どこまでも広いその空のように、心が晴々と澄み渡っていくのを感じていた。


「はあー、疲れた」

「しんどい」

部員が二人欠けたせいか、練習が再開された日の生徒たちの意気はすっかり下がっていた。口で説明するより体で分かったほうがいい。みんなの思惑を無視して、いつもどおりの厳しい練習をした。

休みの間、糖分と脂肪分と塩分が過剰に含まれたジャンクフードを思い切り食べたに違いない。どうしてこんなハードな練習に耐えなきゃいけないのか、という思いもあるのだろう。みんな、体にキレがない。

「走るぞ！」

練習の後半、ロードワークに出ることにした。

太陽は傾きかけているものの、外はまだ焼けつくような暑さだ。だが、なまった体に喝をいれるには汗をかいた方がいい。

夕陽を浴びて走る。「館女」を取り囲むように植えられた樹木の緑の葉擦れが聞こえる。

「少しピッチを上げるぞー」

俺はペースを速めいつもの倍の距離を走らせた。生徒たちは無言のまま走り続け、その荒々しい呼吸の音だけが聞こえていた。

練習が終わると、堰を切ったように綾香が喋り始めた。

「こんなことしてて、『全日本』で勝てるんでしょうか……」

みんなも綾香と同じ気持ちのようだ。十六人に睨まれると、小心者の性《さが》で内心、ドキッとするが、ここで負けてはいられない。

「勝てる！」

「けど、こないだ、全然歯が立たなかったじゃないですか……」

綾香につづいて、凛が突き刺すような目でこちらを見る。

「レベルが違いすぎる。間に合わない――」

「――凛、こないだ、なんで負けたと思う？」

気づけば、吐き出すように言う凛の言葉を遮っていた。

「あの時、ゴングが鳴ったら、急に体がふわふわとなっちゃって、何の自信もなくなって……」

全員、人が変わったような凛の姿を思い出していた。

「それに、向こうはずーっと前からボクシング始めてるし」

凛は口をとがらすようにして言うと、だんだん小さな声になった。

「うん、『前学』の山下さんなんて、もう五年もジムでやってるんだよな。みんなは何年だよ?」

「一年半」

「それは週一回の昇降口の練習いれてだろ? 『実戦』やり始めたのなんて、四か月前じゃないか」

綾香たちは頷いた。

「そうだね。わたしたち、ホンモノのボクシングの試合を見たこともなかった」

「好きなだけ、お菓子食べてたし……」

「こないだまで、人を殴るのが怖かったし……」

それぞれが反省点を口にする。凛が何か言いたげな顔をしている。

「凛は、どう思う?」

「わたしは……練習不足もあるけど——試合ってものに緊張しちゃって。『実戦』に慣れなきゃダメだと思った」

「そうだな。試合慣れしてないから余計揺らぐんだ。慣れるためにはどうしたらいい?」

問われた凛は考えながら口を開く。「もっとたくさん試合に出る、とか」

「そう。もっと他校との練習試合や、大会に参加すべきだ」

「実戦」経験を増やすことで、持っている能力を発揮できる適応力をつけること。試合までの体調管理やスタミナ強化に気を配ること。試合を念頭に置いた課題練習をすること……そして何よりも素地の能力を高めることが大事だと生徒たちに説明した。

本番は実力の七割も発揮できればいい方なのだ。「七割の力でも勝てる」ように、あらゆる手を尽くして練習しておくべきなのだ。ゴングが鳴った瞬間に自信喪失するのは、ふだんの自分の実力を過大評価しすぎているからだ。

熱心に聞いている凛だが、まだあの時の過度な緊張の理由を分かっていないようだ。

「それから、ここが重要なことなんだけど――」

生徒たちは体をのりだすようにして聞いている。

「みんな、赤ちゃんになってないか？」

「はあ!?」

みんな、ガクッとずっこけた。

「どういう意味ですか？」

「つまりさ、おしめかえてもらったり、ミルク飲ませてもらったり、全部やってもらうの待ってないか、ってこと」

まだ生徒たちの心には届いていない。しっかり伝えたい。

「指示待ち症候群、っていうのかな。俺が、『スパーリングやるよ』『ロードやるよ』って言うの、待ってるだろ？　確かにみんなでやってる部活だから、それでいいんだけど、練習はせいぜい平日二時間半しかできない。でも一日は二十四時間あるんだ。それに、みんな体格も違う。能力ものびしろも違うんだ」

それぞれの弱点、長所にあわせて、自分が今何をすべきか、何の練習が必要か、どんな一瞬も無駄にせず考えてほしかった。

「ボクシングだけじゃなくて、勉強だってダイエットだって、そうだろ？　与えられるの待ってるだけより、自分で考えて工夫してやってく方が、長続きするし、前進するだろ？」

それまで黙っていた七海が口を開いた。

「——つまり、常に自分の頭で考えろ、ってことですね」

「そう。そうしないと、試合になると、突然迷子になった幼児みたいに頼りなくなっちゃうからさ——」

「あ——」

凛はやっと思い当たったようだ。美紗緒も「分かる分かる」と言い出した。

「そういえば試合が始まった時、『先生助けて』って思ってた……」

美紗緒は「かずちゃん」の前で茫然自失となった。その経験で自分を見つめ直したようだ。

「練習しかないんだ。本番だけ、うまくやろうなんて無理だよ。練習して、経験した分だけ、自信になるから」

みんな、力強く頷いた。

そこへ美紗緒が手を挙げて言った。

「あたしね、考えたんだけど——ミドル級では勝てないと思う。もっと身体を軽くして、身長差のない人と闘わないと」

美紗緒は「起床時・食事前後の体重を測定し、大好きな糖分・油分を抜く。お菓子も抜く」と宣言した。さらに、食べた物をすべて書いて提出するという。思わず「ほぉっ」と声が漏れるようなダイエット宣言だった。

「ただし——提出した体重を大声で言わないでください」

「分かった」

親指を突き立ててＯＫする。

みんな、嬉しそうに減量アイディアを出し始めた。


「先生も一緒にどうですか？」

灼熱の体育館で着ぶくれた綾香が息を切らしながら俺に言った。綾香だけでなく、全員が重ね着をしている。翌日の練習から生徒たちは「美紗緒につき合って、みんなで厚着をして練習すること」を決めていた。

ぽたぽたとみんなの汗が滴《したた》る。汗だくで練習しながら、休憩になるとお喋りが絶えない明るい部員たちが戻ってきた。

少しでもスタミナをつけたい凛は自転車通学を止めて走って登下校することにしていた。腕力不足の茉莉花は鞄に重り代わりのペットボトルを入れることにしていた。綾香はバレエで使っていた大きな鏡を体育館に持ち込み、フォームチェックをし始めた。みんな我流だがそれでいい。それがいいのだ。

再び闘志を燃やし始めた生徒たちは、試行錯誤しながら着実に実力をつけていった。

第5章

「ピピピピッ、ボッ。ピピピピッ、ボッ」

ボクシング部の練習場所にストロボの光る音とカメラのシャッター音が響いていた。二学期が始まって、澄みわたった秋空の美しい日、あるボクシング雑誌の取材が来ていた。

いつもは学年カラーの緑色の体操着や着古したジャージなのに、今日の部員たちの練習着はパリッとしたTシャツで揃っている。茉莉花と七海が奔走して、黒地に金色で「KANJYO BOXING TEAM」と書かれたTシャツを作っていた。言わずもがな「取材用」のおしゃれだ。

「はい、先生の分」とLサイズを渡されて、少し気恥ずかしいが、俺もお揃いのTシャツに袖を通していた。

カメラマン兼記者の撮影が一段落すると、七海は絶妙のタイミングでスチール椅子を用意して記者に勧めた。紙コップに温かいコーヒーを入れて出す。

「お砂糖とミルクはいかがですか?」

彼女は日頃からとても気が利くマネージャーだ。いつも文庫本を読みながら、器用に木槌を打ち鳴らす。かと思えばヘッドギアを拭いている。せかせかしていないのに、仕事が早く的確だ。

感心して横目で見ていると、七海はにっこりした。

「先生も飲まれますか？」

「あ、ああ」

いつもはタメロの彼女が丁重に入れてくれたコーヒーは、インスタントだが妙に美味かった。

インタビューが始まると、綾香たちの愛想はさらに増した。合宿や試合で有名選手がテレビや雑誌の取材を受けるのを目の当たりにしていたので、力を認められたような気分なのだろう。生まれて初めてのインタビューに照れつつも嬉しそうだ。

「どうしてボクシング部に入ったの？」と聞かれて、部長の綾香は答えた。

「先生がイケメンだったからです」

記者が思わず「え？」という顔になる。おそらく俺も同じような顔をしていたのだろう。

綾香はそれを見逃さないで、「なあんて冗談ですよ」とかわした。

「高校一年の春、地元での高校生活は退屈だろうなあと思っていたんです。都会で流行してるものって、スマートフォンとかで情報は入ってくるんですけど、ここですぐ手にできないじゃないですか。そこにボクシングっていう、わたしたち女子校生には想定外のスポーツをやっていた本田先生が赴任していらして、どうせなら新しいことをやってみたいと思ったんです」

みんなも同じ気持ちだったんだろう。綾香の言葉に頷いている。

「ボクシングをやって変わったことは?」

「体重が二十キロ減りました」

美紗緒が胸を張って答えた。みんな、一瞬耳を疑ったようだ。彼女は正確な体重をひた隠しているが、現在の階級は六十三〜六十六キログラムのウェルター級だ。二十キログラム減ったということは、九十キログラム近くあったのかもしれない。減量前の写真を見せられた記者もその変貌ぶりに感心していた。

さらに抱負を聞かれて、「予選を勝ち抜き、決勝に出たいです」と部員たちは口を揃えていたが、凛だけは、少し考えている。

「山形で何としても一勝したいです――」

「全日本」の本戦は十二月下旬に山形で行われる。みんなは目前の予選のことで頭がいっぱいだが、凛だけはその先を見つめていた。口には出さないが、本戦で一勝できなければ、ボクシング部が年内に廃部になってしまう責任を一人で背負っているのだ。

その事情は伏せた上で、凛は取材にまともに応対している。こんなこともできるようになったんだな。以前なら初対面の大人にははにかみ、口達者な綾香に頼っていたはずだ。その頼もしい成長ぶりに目を細めた。

その時、肝心なことを手配していないことに気づいた。

山形での宿泊費だ。

前回の広島大会では個人負担となる凛の旅費をできるだけ安くするため、結局、美紗緒の父親のワゴン車で車中泊する強行軍になった。

関東・東北地方に行く場合は学校のワゴン車が使えるので、移動の心配はないが、「実戦」は前日に計量があるので最低でも一泊する必要がある。抽選によって試合日程も変わるので、宿泊費はかさみそうだ。今回は「実戦」だからセコンド要員としてマネージャーの七海も連れていく。出場選手も増えるかもしれない。

そういえば、綾香は本戦に出場できてもできなくても同行するつもりみたいだ。「こんな応援を考えた」などと手拍子付きの応援を披露していた。

記者を体育館の出口まで見送った後、「どうすっかなあ」と、思わず声にしていた。まだ何人のチームになるか分からないし、予選が終わってから考えるか……。


翌日の放課後、教頭が「ちょっと、校長室にいいですか?」と声を掛けてきた。

昨日の取材で何かへまをやったか。思いを巡らしながら校長室に行くと、最近では珍しく校長が柔和な顔をしている。本来温和な人なのだが、ボクシングをめぐるあれこれで、俺の地位は地に落ちていた。最近は諦めたような目で見られていた。

だが、今日は違う。教頭も揉《も》み手だ。

この変化は何だろう?

なんと昨日の取材が掲載されてもいないのに、今度は地元新聞からの取材のオファーが来たという。

「女子校に、ボクシング部があるってことが、珍しいんですかね」

「本田先生には、お手数をおかけしますが、取材は積極的に受けてください」

二人とも「次はテレビかもしれません」と上機嫌だ。

ボクシング部を創る時は猛反対したくせに、手のひらを返したような二人の態度に心がささくれ立つ。そそくさと部屋を出ようした。

「あ、本田先生、それで『全日本』は、どこで行われるんですか？」

「山形です」

「ほお、山形」

そう校長が言った時、突然閃《ひらめ》いた。今がチャンスだ。宿泊費の資金繰りを交渉しよう。

「そうです。山形なんです。それで、実は問題が一つありまして、山形での宿泊費なんですが、自己負担だとかなりきついんです」

「どれぐらいかかるの？」

「一人一泊七千円程度かと――」

校長は「そうですか」と黙った。

「グローブは試合用に主催者が用意してくれますし、ヘッドギアは公式試合用のものを使わなければいけないので、他校からお借りします。ただ、用具やユニフォームもあれこれ必要ですし、有望な子ほど金がかかるんです」

校長は腕を組んで考え込んだ。もうひと押し必要だ。

「生徒たちは取材のために、張り切って学校の名前が入ったTシャツ作ったりしてますし――」

「学校の名前が入ったTシャツ？」

「はい」

その後の校長の言葉を待つ。少しでもいい。学校が援助すると言ってくれ。

「分かりました。じゃあ、宿泊費は部活費として学校が負担しましょう」

「い、いいんですか？」

つい食い入るように校長を見てしまう。

「雑誌やテレビに、わが校の部活動が紹介されるのは有り難いことです。受験生や保護者の方々にとって、アピールになります」

「宣伝費だと思えばねえ。実は先日の学校説明会でも、ボクシング部に入部希望の中学生から質問が出たんですよ」

校長に追随して教頭も口を揃える。

最初に「ボクシング同好会」を創る時、熱心に推進した教頭は「ボクシング部」創部の時にはPTAの総意や進路指導担当の小山の意向をくんで、反対派に回った。そして、今度はマスコミの力を信じてまた推進派に戻ったわけだ。教頭は変わり身が早い。校長の確約が欲しい。

「予選次第で何人になるか分からないですし、もしかしたら山形に四泊することになるかもしれませんけど、校長先生、本当にいいんですか？」

「もちろんです」と校長は事もなげに言う。

「ありがとうございます」

校長室を出た時、笑いが止まらなかった。思ってもみない形で懸案の宿泊費の問題が解決できた。


刻一刻と「全日本」予選が迫る中、毎日の部活の時間は限られていた。やっておきたいことはたくさんある。コーチは俺しかいない。夢中でやるうちにあっという間に二時間半が経つ。

練習や健康管理だけでなく、医療チェックやスポーツ保険の加入など事務処理も多い。せわしなく連絡事項を伝え、下校時刻までに生徒たちを帰らせる。

その後、職員室で残務処理と授業の準備をする。プリントを作ったり、小テストを採点したり、提出されたノートに感想を書いたりしなければならない。ただ忙しくとも不思議と充実感があって、「全日本」に向けて心は躍っていた。

その夜もクタクタになって校門を出た時だった。

人気のない暗闇でママチャリを押す女性がこちらを見て、深々とお辞儀をした。

街灯にぼんやり照らされているのは、凛の母親の厚子だった。前にも彼女がこうやって待っていたことがあった。その時からPTAとの砂を噛むような闘いが始まった。

いやな予感がする。それに、この人は苦手だ。

ボクシング部創部にあたって開かれた父兄説明会の時、練習が一時中止になったのも、「ボクシング同好会の練習だって危険ではないでしょうか」という彼女の一言が始まりだった。たちまち父兄たちの共感を得たその言葉は、抗《あらが》いようのない説得力があった。

「先生、お忙しいでしょうから、歩きながらお話聞いて頂けますか？」

厚子はこの前と全く同じことを言った。本当に〝お忙しい〟のは、凜を育てながら看護師長をする彼女なのかもしれない。

凜は「全日本」で一勝するための要だ。欠けたら勝てない、と言ってもいい。一体何を言いに来たのか。

「この前の広島の時は、旅費のことで、いろいろご迷惑をおかけしたそうですみませんでした――」

旅費の相談なのだろうか。今回は学校から宿泊費が出ることを少し得意げになって喋った。

「そうですか、それはありがとうございます……」

「いえ……」

「それと、ボクシング部創設の時は猛反対してしまって。父親のようにボクシングだけにのめり込んでほしくなくて、先生を目の敵にして嘘までついたりして、本当にごめんなさい」

　厚子はあの時の気まずさをものともせず、サラリと謝った。普通なら重たい口になるか、触れないで済ますはずだ。本当に何を言いに来たのか？

　そう言えば、以前、珍しく凛が厚子のことを口にしていたことを思い出した。

「お母さんには全然敵わない。仕事でも偉くて、家のこともちゃんとやって……あんな風にはなれない」

　凛がいつも自分を卑下していたのは、母親が立派すぎるからかもしれない。厚子と話していると、俺もなんだか、自分がダメな人間になったような気がしてくる。

「厳しく育てたつもりだったんですけど、それがあの子にはよくなかったんです……」

　厚子は反省を口にした。凛は決して贅沢な物を欲しがったり、父親のことを聞いたりしなかった。「逆ＫＹ」というか、母親に気遣いし過ぎて、自分のしたいことが分からなくなっていたのかもしれないという。

「結局、わたし、自分の意のままになるようにあの子を縛っていたんです……」

　このままじゃいけないと感じ始めていた時、凛がボクシングをするようになって、以前よりずっと自分を表現するようになったという。

「あの子、全然自分に自信がない子だったんですよ。それが、変わったんです」

　娘が変わって楽しそうにしていることで、厚子はボクシングに対する思いを変えたという。

「だけど――」と、厚子はまた生真面目な顔になった。

「最近、また、あの子、家で全然話さなくなったんです――もしかして、あの子、スランプなんじゃないでしょうか……？」

その言葉に冷や水を浴びせられたようにドキッとする。

思い当たる節《ふし》がある。かすかな予感があった。だが、見過ごしていた。

最近の凜は目に力もないし、瞬間の動きにキレがない。

ボクシングは日頃の鍛錬も重要だが、一瞬の判断で勝敗を決することがある。その瞬間のセンスこそが天性だし、勝つための才能なのだ。

「実戦」の出場選手としては初心者の凜だが、勝つ見込みが一分でもあるとしたら、その刹那のきらめきが感じられる選手だからだ。

それが今の凜にはない。

スランプなのだ――。

厚子の言葉はもう頭に入らなかった。

誰が見ても「全日本」で一勝をあげる最有力候補は凜だ。合宿の時、「前学」の沙希に悔しい負け方をしてから、厳しい練習を自分に課してきた。その成果で仕上がりはいい。筋肉もしなやかに強くなっていた。

だが、こんな大事な時にスランプに陥るとは……。

翌日の練習で凛の動きを注視していた。

確かに動きがのろい。さっそく檄《げき》を飛ばす。

「凛、本気でやれっ」

「はいっ」

返事だけはするが、エンジンがかからない。何とも歯がゆい。

俺の苛立ちに気づいたみんなも、仕方ないなという顔をしている。隣でその様子を見ていた七海が言った。

「凛、どうしたんですかね？」

七海に凛のデータを出してもらった。体重も極端に減っているし、短距離走のタイムが日ごと遅くなっていた。

「凛、当たってないよー」

「はいっ」

凛のパンチがやはりゆるい。どうしたっていうんだ。

綾香と一対一のスパーリング練習になると、輪をかけて動きが鈍くなった。力ないパンチは綾香に届かない。

じっと観察していると、なぜか、凛が綾香を見ようとしないことに気づいた。相手を見ないから、攻撃も守備もまるで別人だ。

そうか、これか！

凜の伏し目がちな姿勢がすべてを物語っていた。

五日後、同じライトフライ級の二人は、予選出場をかけて「館女」代表を決める練習試合をすることになっていた。

親友の綾香と闘うことが凜にとっては苦痛なのだ。考えれば、その練習試合が決まってから、凜の覇気がなくなってきていた。

万が一、凜ではなく綾香が本戦に出場すると一勝は絶望的だろう。凜をやる気にさせないと、ボクシング部は廃部まっしぐらだ。


その日の練習後、凜を呼び止めた。

傾きかけた夕陽を浴びて、凜の髪が茶色に輝いて美しい。だが、その表情は冴えなかった。

「どっか、調子悪いのか?」

凜はかぶりを振る。

「なんで、手加減する?」

「手加減……してません」

「そうかな——」と言ったきり、俺が黙っていると、凜はうつむいた。

それから、「トロコがさ——」とポツリと言った。

「ボクシングを始めて、前はできなかったことができるようになった、って言ってたけど、わたしもそうだった。前は何もかも自信がなくて、人前でこうやって喋るなんて、できなかった……」

凜は何が言いたい？　頑張りすぎて折れてしまったトロコのことは、みんな、心のどこかで引きずっている。

トロコみたいに、「もういい」とでも言いたいのか？

「けど――なんか、今回のこれは、どう乗り越えていいのか、分かんないんだ」

そう言ったきり口を開かない。

「やっぱり……綾香との決戦はきついか？」

凜は目を落とした。やがて、こくりと頷いた。

「なんでかな……中学の時からずっと親友だったからか？」

「いつも、綾香に頼ってたから――」

引っ込み思案で泣き虫だった凜を、勝ち気で前向きな〝お嬢様〟の綾香がずっと牽引してきた。ボクシング同好会に凜を連れてきたのも綾香だった。同じ中学だった二人は、ずっと綾香が凜をかばうという均衡で成り立ってきたのだ。決戦はそのバランスを崩すことになるのかもしれない。

「自分でもどうしたらいいのか分からない」

凜は前髪を引っ張りながら言った。困った時にやる癖だ。出会った頃、よくそうしていた。自分自身の停滞を分かっているが、どうにもならないのだ。

ふと気づくと、綾香が入り口に立ち、心配そうにこちらを見ている。

その綾香を呼んで、「綾香も親友が相手だと殴れないか?」と聞いた。

綾香は凛を一瞥して、わだかまりを吹っ切るように口火を切った。

「確かにやりにくいけど、『実力は凛のほうが上だ』って分かってるし。でも、ちゃんと試合で決まった結果じゃないと、わたしも納得できないから本気で戦うつもりです」

綾香は凛に向き合う。

「だから、凛。凛も本気で戦って――」

凛は中途半端に頷く。

「手加減はなしだよ。そんなの、逆に親友なんかじゃないから」

「うん……」

「ね、試合になったら、『ごめん』はない。本気で戦おう」

綾香に促されて、無理やり、凛は頷いていた。

確かに、俺も高校時代、先輩と試合をするのは気まずかった。まして、勝ってしまうと、その後の人間関係がギクシャクした。

仲のいい二人のことだ。凛も頭では分かっているが、体が動かない自分がもどかしいのだろう。凛は肩を落として、綾香と帰っていった。

入れ替わりに道具を片づけ終わった七海が部員たちの健康管理ノートを持ってきた。

「これまで、いっつも綾香が凛を助けてきたんですよ。それが逆転しちゃったから」

ボクシングをやるようになって凛は能力を発揮し、その実力はたちまち綾香を超えた。綾香が助け、凛が頼る――という関係がボクシングでは逆転している。凛は曖昧に感じているだけかもしれないが、それを見せつけることに遠慮があるのだ。

「難しいな……」

「ほんと……わたしも考えます。じゃお疲れ様でした」

七海は生意気にそう言い残して帰っていったが、考えるのは俺の仕事だ。

どうしたら、凛は本気になれる？

凛だって「『全日本』に出て、一勝したい」とは思っているはずだ。だが、その前に綾香に勝たねばならない。「どうしても綾香に勝ちたい」と思わせるにはどうしたらいいのか？

練習試合まであと四日しかなかった。何とかしなければ……。

もっと、凛を追い込むしかないのか？　それとも、人から教えてもらうようなことではなく、凛が自分の手で掴むしかないのか？　しかし、このままでは間に合わない。だとしたら、今、何か手を打たなければならないが……。

その夜、寝床で考えているうちに眠れなくなり、気づけば翌朝を迎えていた。

布団の上で腕組みをしていても煮詰まっていくだけだ。起き出して、学校に行くことにした。家を出ると辺りはまだ暗く、物音一つしない。余計頭が冴えわたった。

学校に着く頃、空に浮かぶ雲がうっすらと茜色に染まってきた。一匹蝉が鳴きだすと、それに合わせるように無数の蝉が鳴き始める。九月とはいえ、今日も暑くなりそうだ。日が昇り眠っていた街が目を覚まし始める。その息吹を感じて一人悩んでいたことがちっぽけなことのような気がしてきた。

そうだ、久しぶりに汗を流してみるか。

誰もいない体育館に入って照明のスイッチを入れる。高い天井に付けられた蛍光灯がブンとうなりながら点灯し、パチパチと照明器具の傘が温まっていく音がした。

サンドバッグの前に立つと、ふっと息を吐いた。

さまざまな思いや邪念を振り切るようにサンドバッグに素手で何度も打ち込む。バシッバシッと手応えのある音がする。手に痛みが走る。

どうすればいい。

迷いを振り切るように打ち込むと、その衝撃でたちまち拳が赤く充血した。すり切れて、血がにじんできた。七海に見られたら、サンドバッグに染みがつくと怒られるところだ。それでも構わず叩き続ける。

俺が憑《つ》かれたように打っていると、背後から「あーあ」という声が聞こえた。

振り返ると、七海が立っていた。

「先生、まだグローブを付けないっていう誓い、続けてるんですね」

七海はサンドバッグについた血を雑巾で拭き始めた。「悪いな」と謝ると、「考えたんですけどね」と急に真面目な顔になった。

「やっぱり、凛を本気にさせるには、あの子をこてんぱんにするしかないと思うんですよ」

「え？」

急に何を言い出すのか。その意図が読めない。

「凛を本気で追い詰めないと、ダメなんじゃないかな。今の凛は精神的に綾香に負けてるんですよ。跳ね返す強さ、ないんだ。だからさ、先生、凛をギリギリまで追い詰めてくださいよ」

「凛を追い詰める……？」

「例えばさ、凛のために、先生がグローブ付けて、本気でスパーリングするとかさ」

サンドバッグをすっかりきれいにし終わった七海は俺に向き直った。

「——その網膜剥離になった子って、どうなったんですか？　先生は本当にグローブ付けないことが、禊《みそぎ》になってるって思うんですか？」

不意を突かれた。

この三年間、近見と連絡を取ったことはなかった。いや、連絡を取ろうとしたことすらなかった。

近見がその後どうしているか、見届けていないことを正直に言うと、七海は「信じられない」とでも言うように目を剥いた。

「先生が、ちゃんと向き合わないから、そこから一歩も進まないんだ。凛のためにも、その子のためにも、ちゃんと向き合ってあげてよ」

「けどな、近見の気持ち考えたら――」

「いつまでも、ひきずってるなんて重いんだよ――」

聞いたことのない低い声だ。本音だろう。鋭い七海の目に心の奥底まで貫き通されるようだ。

「先生だって、いつまでも誰かが『おまえの人生の失敗は俺のせいだ』なんて思って生きてられたくないでしょ。例えば、別れたカップルでさ、女の子のほうは忘れたいし忘れてんのに、別れたカレシがいつまでも『俺はおまえを不幸にした』とかって、思いつめたりして、自分で〝発酵〟してんの、いやじゃないですか」

「発酵って……」

「発酵っていうのはさ、酸素を使わないで閉じこもってやる活動なんだよ。先生の場合はむしろ〝腐敗〟だと思うけど」

「腐敗？」

彼女の言うことは、いつも奥が深い。下手な大人の言葉より、ずっと説得力がある。

ただ生物選択の理系女子《リケジョ》のせいか、ときどき比喩が分かりにくい。

「生物の先生が言ってたけど、発酵も腐敗も生物的には同じ現象なんだって。なのに、人間の役に立つ美味しいのは発酵、食べられないのは腐敗って呼んでる。だからさ、先生の場合は、腐敗じゃん」

「……俺が腐ってるっていうのか」

「うん。腐ってる」

「役立たず、ってか」

七海は真顔で頷いた。「だってさ、一人でイジケテ、そのこりかたまった考えから出てこないのって、閉じこもってるじゃん。腐ってる」

「う……」

心外だが、的を射ていた。

「罪を噛みしめてるの、もういいじゃん。それより、ちゃんとプラスにしなくちゃ。先生が本気見せないと、凛も変われないんだ」

「けどな、俺は近見と約束したんだ。男が一度言い出したこと撤回するなんて――」

「カッコ悪いよ。カッコ悪くても、腐ってるより、いいじゃんか！」

「う……」

ぐうの音も出ない。確かに、自分にグローブをはめないことは課してきたけど、そこから一歩も動こうとしてなかった。

しかも、自分自身がグローブを付けることは頭から考えていなかった。「できない」と思い込んでいた。

あんなにも好きだったボクシング。「もう死ぬ、もう無理」と思いながら果てるまでやった練習や減量。他のことは一切諦めて、すべての時間をボクシングにかけていた高校時代。

どうやっても近見に償えないことが苦しくてボクシングの思い出を封印して、忘れることで逃げようとしていた。

「封じ込めるんじゃなくて、もっと苦しい道を選べ」と、七海は言っているのだ。

俺が過去と向き合う覚悟を見せなければ、凛もずっと逃げたままだ。

今度こそ向き合わなければならない――。


「手術は成功した」と聞いた時から、近見に連絡を取ることをやめた。昔は頻繁にメッセージをよこした近見の方からも一切連絡はなかった。

もう二度と俺に会いたくない――という意思表示だと思った。だから、再び見舞いにも行かなかった。近見は卒業式にも姿を現さず、その噂すら聞こえてこなかった。

春休みになって、ボクシングを知らない門外漢の校長たちは「責任を取らせるわけではない」と言いながら退職を匂わせた。

実際、ボクシング部の顧問を続けることは精神的にもうできなかった。言われるがまま「自己都合」で学校を辞めた。退職金やその後の失業保険のことなど考える余裕さえなかった。

でも、正直に言って、そういうことはどうでもよかった。

父や兄は「そんなことで辞めるなんてばかだな」と言った。

「すぐにみんな忘れてしまう。一時《いっとき》我慢すればよかったのに」

「辞めるなら、次の高校をあてがってもらうべきだった」

聞き流していた。俺を天へ引き上げてくれたのがボクシングなのだから、地に落とすのもボクシングなのかもしれない、と思っていた。

自分自身を傷つけることで安心しようとしたのかもしれない。明るいところから、暗いところへ。俺の人生も落ちて行けば楽になれる。そう無意識に思っていたのだ。


その夜、近見の実家に連絡してみたが、不通になっていた。

同じ学年だった元ボクシング部の生徒に電話して聞くと、近見とは事故以来、音信不通で、どうしているか分からないという。「同期に問い合わせてみます」と言って、彼は電話を切った。

しばらくして、その生徒から恐縮して電話が入った。「近見は就職したらしいが、誰とも連絡を取っておらず、連絡先は分からないんです」という。礼を言って電話を切った。

その週末、かつての前任校に三年ぶりに足を向けることにした。

行っても、近見の連絡先を教えてくれない可能性は高い。後ろ指をさされるように学校を辞めた経緯がある。行きたくなかったが、前任校で聞く以外、他に方法を思いつかなかった。

東京の片隅にあるその私立校は以前より薄汚れたように思えた。清潔で掃除の行き届いた「館女」に通っているので、そう見えるのかもしれない。

かつての同僚の先生方に会ったら、どんな顔をしたらいいのだろう。お互いに気まずい。できれば会いたくない。肩をすぼめるようにして校門をくぐり、うつむくようにして職員室に向かった。

土曜日のせいか、職員室は人気がなかった。

誰に声を掛けていいのか戸惑っていると、「本田先生じゃないですか！」と柔道部の顧問だった体育教師が人のいい笑顔を浮かべて立っていた。筋肉質の大柄な体つきは変わっていない。

「どうしたんですか？」

「ええ、ちょっと……」

近況を聞かれた俺は、群馬の公立高校に勤めていると言った。

「そうですか……よかったですね。あんなことがあってすぐお辞めになったから、心配してました」

苦笑しつつ、単刀直入に近見の連絡先が知りたいことを告げると、その教師は顔を曇らせた。学校に記録があっても、個人情報保護のため教えることはできないという。

「そうですよね。いや、すみませんでした。お邪魔しました」

職員室を辞して、校門を出た。

ブロック塀に沿って三十メートルほど歩いた時だった。

先ほどの体育教師が追いかけてきた。

彼は荒い息を抑えると、そのごつい顔の小さな左目でウィンクした。

「――これ、独り言ですからね」

戸惑っている俺にさらっと言った。

「近見くんは……スポーツ用品のメーカーに就職したはずです。ボクシングの――」

「ボクシング？」

「たぶんね、『ウィナー』の福島工場にいるはずです」

大急ぎで卒業者名簿を調べて、教えてくれたのだ。

「じゃあ、本田先生、元気でやってください」

俺の肩をぽんと励ますように叩いて、彼は学校に戻っていった。

俺はその後ろ姿に頭を下げた。


二時間後、東北新幹線に飛び乗っていた。

スマートフォンで近見の勤めるメーカーを探し、あたりをつけた福島の工場に向かっていた。何度電話をしても話し中で、その工場に近見がいるかどうか分からなかったが、もうそんなに時間はない。日曜の朝練までには群馬に帰らなければならない。

福島から東北本線に乗り換え、小さな駅に降り立つ。館林に似たほのぼのとした感じが漂って、なんだか懐かしい。

スマートフォンの地図を頼りに駅から五分ほどの工場を訪れた。工場は古い七階建てのビルの中だった。

「え？　誰？」

受付で近見雅知《まさとも》という青年を探していることを伝えると、六十歳ぐらいの受付のおばさんは、「ああー」と言って顔を緩めた。

「近見くんね……で、あんたは誰？」

おばさんは老眼鏡の奥の目でじろっと見る。

近見の高校時代の教師だと言う。

「あ、そう。近見くんは、三階。エレベーターで三階に行って、呼んでみて」

ようやく辿り着いた。やっと近見に会える……。

だが、近見は俺を拒絶するかもしれない。「顔も見たくない。帰ってくれ」と言われるかもしれない。

手のひらが緊張で汗だくになっていく。

エレベーターを降りると、三階は広いワンフロアになっていて、全員がずらりと出入り口に向いたミシンに向かっていた。グローブ、ヘッドギア、ミット、プロテクターなどあらゆるボクシング・グッズが一つひとつ手作りで作られている。

一番手前にいるエプロン姿の初老の男性に用向きを伝える。男性は後ろを振り返って、大声で呼んだ。

「近見くーん」

エプロンをした近見がやって来る。面差しはあの近見だが、細身だった体はたくましくなり、短髪だった髪も少し長くなっている。街ですれ違っても分からないかもしれない。

自分の顔が強張るのを感じるが、なんとか笑みを浮かべて会釈しようとする。

近見はこちらを見ると、目を丸くした。

「本田先生!」


昼食休憩になるのを待って、近見と工場内の食堂に行った。

「ここのA定食、安くて、なかなかいけるんすよ」

近見は気を遣っているのか、昔のような笑顔で定食を勧めた。

なかなか連絡先が分からなかったことを言うと、近見の両親は転勤して引っ越し、近見自身も高校を卒業してすぐ今のメーカーに就職が決まり、以来、福島工場勤務なので、高校時代の友達とはすっかり疎遠になっているという。

俺の硬さをほぐすように、「先生は今どこの高校なんですか?」と近見は聞いた。群馬県の女子校で数学を教えていると言うと、近見は顔をほころばせた。

「女子校ですか! いいなあ。楽しそうだなあ。あ、先生、まだ結婚してないんですか?」

明るく話をする近見に耐えきれなくなって、俺は頭を下げた。

「すまない。あんなことがあって……ずっと連絡を取らずにいて――」

近見は「やめてくださいよ。みんな見るし」と、慌てて俺の体を戻した。

「俺の網膜剥離なんて、手術も成功して、今じゃ普通に見えてるし、別に日常生活で困ることなんてないですし」

「いや、俺があの時、もう少し気をつけていたら——」

「でも、ヘッドギアがずれていたのに直さなかったのは、俺のせいだし、先生のせいじゃないです」

近見は少し不機嫌そうな顔になった。そして、思い出したように言った。

「先生も交通事故で突然ボクシングをやめなければならなかった、って言ってましたよね」

一度しか話していないのに、そのことを近見が覚えていたことに驚いた。

「だから、俺の悔しさ、分かりすぎちゃうんですよ。でも、先生だって、事故ったことを誰かのせいにしてないでしょ」

不意に近見はジャブを打つような手振りをした。

「俺、今でもボクシングが大好きなんですよ」

近見は身軽に体を動かすと、肩をぐりぐりまわした。高校時代と同じしぐさだ。

「試合には立てませんけど、今の仕事に就いて、商品の開発にも携わらせてもらえるようになって——形は変わったけど、たぶん、一生ボクシングと関わっていけるんです。選手時代は目の前の相手を倒すことに夢中でした。でも、今は、どんな道具なら、もっと選手の体を守れるかってことだけ考えてます。それが俺のこだわりなんです。だから、俺、この工場で一番若いけど、すごく頼りにされてるんです」

　確かにこの工場の人たちが近見を見る目はすごく温かい。

「中途半端にボクシングやって、やめてたら、今の俺はなかったと思うんです。先生にしごかれて、やり尽くして、もうできないってとこまでいったから、今の生活が幸せだって分かるし――それに俺、もうすぐ結婚すんですよ。デキ婚なんだけど」

「……それはおめでとう」

　お祝いを言うと、近見は頭を下げてみせた。

「すいません。先生より先越しちゃって……」

　俺は思わず笑っていた。

　近見は少し真面目な顔になって、「ボクシングはもう教えてないんですか」と聞いた。

「いろいろあって、今いる女子校でボクシングを教えている。けど――」

「先生、まさか、まだグローブ付けないとかって、守ってるんじゃ――？」

　近見に見つめられて、俺はゆっくり頷いた。

「そんな……もう、そんなの、やめてくださいよ」

「でもな――」

「俺、そんなのいやですよ……重いです」

　七海に言われた言葉だった。

グローブを付けないことは、俺の心の安定のためにやってることで、近見のためになんかならない。自己満足なんだ……。

「重い……重いか――」

つくづく思い知らされていた。少し黙ってしまう。

と、近見が自分の左目を指して言った。

「こんなの、かすり傷だよ」

「え？」

「先生、よくそう言ってたじゃないですか。練習後に俺たちが『痛え』とか、『ひでえ』とか言ってると、先生が傷口見て『こんなのかすり傷だよ。大丈夫大丈夫』って、にっこりしてたじゃないですか。俺、あれ好きだったんです……」

近見は好きだと言ってくれたが、それは禁句のようになっていた。近見のことがあってから、どんな怪我でも「かすり傷」とは思えなくなっていたのだ。

「女子校でも、言ってるんでしょう？」

小さく首を振る。今、ちょっとした擦り傷の応急手当をしているのは七海だ。消毒してばんそうこうを貼って、「完了！」と言う。そう言われると、手当てを受けていた生徒はホッとしたような顔になる。

近見は思い出したように手を打った。

「あ、あとさ、あれ、『人の人生ぐらい奇跡を起こせるものはない』ってやつ。あれもしみじみそうだって思ってます。俺、まさか自分がまともに就職して、子供とかいる幸せな家庭を築けるなんて思ってなかったですよ」

鼻の奥がツンとなった。

近見、大人になったなあ。


近見に群馬の手土産を渡すと、「これ、新製品なんです……」と、交換するように紙袋が手渡された。

「俺が一から開発して製品にしたんです。こいつはスポンジを詰めるのにとても力がいるんです」

彼の意見が通って初めて商品化されたという、赤い牛革のグローブだった。

「絶対、使ってくださいよ」

言葉にならなくて、グローブを見つめてただ頷く。近見はちょっと照れて言った。

「先生が好きだから、先生にもボクシング続けて欲しいっすよ」

完敗だ。涙が溢れて止まらない。

「……近見、ありがとう」

何とかそう言って立ち尽くした。

このグローブをきっと使わせてもらう。きっと自分の恐怖心と対峙する――。

「まだ余裕がありそうだな……ちょっと、俺とスパーリングしてみるか」

翌日の練習で俺は凛にそう言っていた。

ヘッドギアの奥の凛の瞳は不安そうに瞬いている。何かが起こるのを感じているのだ。

心は決まっていた。近見に辿り着いて、じっくり話して向き合ったことで教えられていた。グローブをはめないことにしがみつくのではなく、障壁を克服して乗り越えなければならない。

また同じことを起こしたらどうしようという恐怖は、いまだ俺の心に巣くっている。長年の戒めを破るのは怖い。

だが、凛はきっと何かを感じてくれるはずだ。

震える手で、近見からもらったグローブを取り出した。

体育館が真空になったようにしんとなる。近見のこと、ロッカーに仕舞われたグローブのこと、みんなも事情はよく知っている。誰も口を開かない。

緊張で手が冷たくなっているのだろうか。近見の思いがつまった赤いグローブは拳を入れると、自分の手より温かかった。

両手を二、三回打ちつけるようにして、衝撃を試してみる。

いいグローブだ。

才能ある選手だった近見が開発しただけのことはある。初めて付けたのに、硬さがなく、手にフィットする。

凛はアカマツの木の下で出会った時のようなあどけない顔で俺に聞いた。

「そのグローブ……」

「網膜剥離を起こした教え子が作ってくれたグローブだ。俺に使ってくれって」

軽くシャドーボクシングをする。シュッシュッと空気を切る音が心地よい。

「手加減しないから、本気でぶつかってこい――」

そう言うと、怯えたような凛の顔に気合がこもった。俺もファイティング・ポーズになる。

「カン！」

七海が鳴らしたのだろう。木槌を打ちつける音がした。

凛の隙を見つけて、躊躇なくパンチを決めていく。久しぶりにグローブを付けたというのに、腕も体も軽い。

「凛、もっと本気出せ」

「はいっ」

「右があいてる！　すぐ反応しろっ」

凛の顔が必死になっている。

だが、俺のワンツーが全然防御できていない。

「もっと早く反応しろっ。俺が次どこを狙うか、分かるだろっ」

凛が肩で息をし始める。身軽でステップに余裕のある凛がこうなるのは稀だ。

「凛、勝ちたくないのか?」

「……」

ヘッドギアの中の汗まみれの凛の顔に、涙がにじんでいるのが見えた。

でも、手を緩めない。

近見の分まで頑張ってほしい。

凛、もっと、強くなれ。

凛の息をする音に悲鳴のような声が混じる。

でも、力を緩めない。

「凛、おまえがやりたいのは、その程度か? おまえのボクシングは遊びか?」

凛ははっとしたような顔になった。わざと言ったわけではないが、W大のトレーニングセンターで大敗を喫した時に沙希から言われた言葉だった。

「凛、遊びなんだろ。遊びなら——」

「やめません!」

叫ぶように言った凛はボディを打ち込んできた。

「遊びなら、やめろ」

凛は激しく首を左右に振る。

そして、小さな声だが、はっきりと言った。

「……負けたくない……勝ちたい」

追いつめられた凛の目の色が変わった。

「もっと顎をひいて。脇しめて。もっと早く！」

動きが変わった。殴られていちいち反省したり、痛いと思ったりしていない。

とにかく、前へ出るんだ。打つしかないんだ。

凛は殴られても、殴られても、向かってくるようになった。

その時、「カン、カン、カン」と七海の木槌が鳴る。二分経ったのだ。

「よし、休憩――凛、今の意気を忘れるな」

凛の頭を撫でた。

呆気にとられたように見ている綾香に向き直った。

「次、やるか？」

綾香は、一瞬、目を点にしたが、「無理ですよ。あんなの」と、ぶるぶると首を振った。

グローブを外すと、七海が近寄ってきた。

「いいグローブですね。今のスパー、凄まじいキレでしたね」

「惚れ直した？」と俺が聞くと、たちまち彼女はふくれっ面になった。

「先生、それ、セクハラだと思う」

「そうか？」

「うん……でも、かっこよかったよ」

凛が力を取り戻す――そんな予感に駆られていた。七海にも、綾香にも、笑顔が戻っていた。

月曜日、凛と綾香の練習試合が行われた。

ボクサー魂に火がついたような凛は強かった。

試合が終わると、凛は急に我に返って涙目になった。綾香はそんな凛に「しょうがないなあ」と言葉を掛ける。

「言ったじゃん。『ごめん』はなしだよ、って。ほら、泣くな」

勝って泣いている凛を綾香がグローブを付けた手で撫でていた。

こうして、ライトフライ級の「館女」代表は、凛に決まった——

第6章

「全日本」の県予選は怖いくらいついていた。夏合宿からやって来たことがすべて実を結び、到底無理と思われた階級でも県代表を勝ち取ることができた。予想外の活躍ぶりに「『館女』大躍進！」と地元新聞に報じられたほどだ。

そうして、凛、茉莉花、美紗緒を含む県代表六人と、俺と七海、そして部長の綾香の総勢九人が山形の大会会場に到着していた。

東北新幹線を望む総合スポーツセンターは周囲を畑に囲まれている。県道沿いにあるので比較的車は多いが、住宅らしき屋根が見えるのは遥か遠くだ。二千五百台分駐車できるというだだっ広い駐車場から〝多層民家造り〟という民家を重ねたような切妻屋根の施設が見える。

入り口に「全日本社会人ボクシング選手権大会・全日本女子ボクシング選手権大会　大会会場」という大きな看板が掲げられていた。体育館や柔道場などの屋内施設に加え、テニスコートやスケート場などの屋外施設もある立派な施設だが、期間中行われるイベントは「全日本」だけらしい。歩いているのは、妙に目つきが鋭く体を絞ったジャージ姿の人間ばかり。全員がボクサーかその関係者で、ピリピリしたムードが漂っている。

試合初日、体育館の選手控室に入ると、柔道場ほどのフローリングの空間は気迫に満ちた男女の出場選手で混雑していた。

これまでの「全日本」は女子のみだったが、この大会から男子の「全日本」も併せて開催されることになっていた。「男がいる！」とまた美紗緒がすっとんきょうな声を上げるのではないかと心配したが、全くの杞憂だった。みんな、目前の闘いでそれどころではないようだ。出発前日に「館女」で調整練習をした時の笑顔はどこにもない。

周りの選手の気迫に顔を上げられないでいる茉莉花。緊張を和らげようとして、やたらに肩回しばかりしている美紗緒。キョロキョロと他校の選手のアップの様子を窺っている凛。試合に出ないのに、綾香までも青白い顔になっている。

前回、「演技の部」に参加した綾香や茉莉花が、いかに現地で舞い上がるか、前もって吹聴していたにもかかわらず、「実戦」のテンションは格段の違いがあった。

前回は少人数の「館女」メンバーは浮いていた。今回は九人もいるので大丈夫だろう、と高を括っていたが、侮るなかれ。周りは生まれながらのボクサーみたいな女子選手ばかりだ。自分の胃もキュッと収縮して痛くなってきた。

この張りつめた雰囲気の中で、本当に誰か一勝できるだろうか……。

男子の試合が始まると、ヒリヒリするような緊張度はさらに高まっていった。

興奮状態で出ていった男子ボクサーが別人のように打ちのめされて帰ってくる。顔を覆ったきり、ピクリともしない者がいる。少しでも触れたら怪我しそうだ。しかも男子はへッドギアをしないので、殴られて痣《あざ》だらけになっていたり、パンパンに赤く顔を腫らしたり、血を流していたりする。

「館女」軍団の口数がだんだん少なくなっていった。このままではまずい。

「そろそろ、体温めようか」

凛たちはのろのろと縄跳びを取り出すが、いつもの溌溂さはどこにもない。

どんよりした顔の茉莉花と目が合う。

「ほんとにやるんですか」と小さな声で言う。

「どうした？」

「だって――」

「館女」が円陣を組んだ隣で、大学のボクシング部らしい男子の集団がすでに縄跳びやシャドーボクシングなど、思い思いのアップを始めていた。

縄跳びの速さとリズムを刻む正確さが小気味よい。彼女たちと比べると、まさしく月とすっぽん。雲泥の差だ。

「なんかしょげる」

茉莉花の言葉に暗い顔をした美紗緒が頷く。しかし、勝たなければならない。一勝できなければ、部の存続はないのだ。アップもしないで試合に臨む気か？

「そこで固まってる方が恥ずかしいだろ」

苛立ちを押さえてそう言うと、ようやくみんな重い腰を上げた。

控室にいると、どんどん萎縮《いしゅく》するので、試合会場に移動した。

体育館の中央の一段高い所にリングが作られていた。ブルーの床と白いロープ、選手たちの赤と青のユニフォームとの鮮烈な色のコントラストが眩しい。リングの両側にスチール椅子で客席が作られ、二面あるモニターには選手の情報や採点が示されている。晴れがましい雰囲気にさらに呑まれそうになる。

気づけば息が上がっている。生徒たちはますます青ざめて立ち尽くしている。だが、この雰囲気に慣れなければならない。ここで試合が行われるのだ。何としても一勝をもぎ取らなければならない。

俺が客席の後方に座ると、生徒たちもその隣に座った。

昨日行われたくじびきで、凛だけが二日目の試合になったが、あとは五人とも今日の試合になっていた。一人負けるとその負けが尾を引いて、次々と討ち死にすることになりかねない。いや、負けが続いてもいい。どんな勝ち方でもいい。とにかく、一つ勝ちたい。

「先生、怖い顔になってますよ」

七海がリングを睨んでいた俺の袖を引っ張っていた。

「緊張してるんですか？　先生が緊張してどうするんですか。みんなに、うつっちゃうじゃん」

「そ、そうだな」

見回すと、隣に座る茉莉花の体が震えている。

「寒い？」

「いえ」と首を振る彼女は手を組み合わせて振動を抑えようとするが止まらない。

「武者震いですよ」と七海は言ったが、茉莉花は緊張しているのだ。

「みんな、深呼吸しよう……吸って、吐いて……吸って、吐いて」

深呼吸するうちに生徒たちの顔に生気が戻ってきた。

「平常心を取り戻そう。みんな緊張しすぎだから」とは言ったが、それは自分のことでもあった。

「青コーナー、群馬県、館林女子高等学校、土田祐美《つちだゆみ》さん……」

少し不慣れな感じの甘い女性の声で場内アナウンスが流れていた。「館女」の一番手はピン級のチョコこと、祐美だった。

小柄で華奢なので、トロコといつも組んでいた子だ。祐美は実はボクシングがやりたかったわけではなく、スポーティな凛の「追っかけ」だった。バレンタイン・デーに凛へゴージャスなチョコレート・ケーキを贈った日から、祐美は「チョコ」と呼ばれていた。

そのチョコが予選を勝ち抜いたのは出来すぎなほどだった。チョコの相手は男子ボクシングの強豪校として有名な高校の生徒だ。悪いが、十中八九勝てないのではないか。

案の定というか、予想どおりというか、チョコの試合は第一ラウンドの途中にあっけなく終わった。

「ただ今の試合の結果は、赤コーナー酒井さん、岩手県、豊穣北《ほうじょうきた》高等学校がＴＫＯ勝ちでした。時間は一回一分八秒でした」

非情なアナウンスが流れる。

織り込み済みだ。想定内だ。そう思いつつ、心のどこかにひょっとしたら、という気持ちがあった。やっぱりと思いながらも、少し気落ちする。

いや、ここで落ち込んではいられない。次のフライ級の茉莉花の試合が迫っている。気持ちを切り替えよう。

茉莉花の相手は一年生の無名選手だ。茉莉花はいける。きっといける……。

会場の衝立で仕切られた一角に向かう。試合を前にして審判の前でグローブを付ける茉莉花は、いつになく殊勝な顔をしていた。

「チョコ、負けちゃったね」

「ああ……団体戦じゃないんだから、気にするな」

とはいえ、試合前なのに目の下に黒いクマができている。いつも一緒に汗をかいている仲間が討ち死にすると、試合を待つ選手に負けムードが広がる。彼女はチョコの負けを引きずっている。いつも微笑みを絶やさない美人だが、実は繊細なやつなのだ。

「自分のことに集中しろ」

茉莉花は不安そうな面持ちで頷く。

「大丈夫。いけるよ。いつもどおりやれば、いけるから」

茉莉花に言いつつ、自分自身にも言い聞かせていた。ヘッドギアを付けた茉莉花は、やっと少し笑ってみせた。

その試合前、二列縦隊になって綾香たちは声援を送った。

「フレフレ、茉莉花！　行け行け、茉莉花！　燃えろ燃えろ、茉莉花」

合宿で世話になった前園学園の斎藤先生が可憐な応援に目を細めている。その斎藤と目があって、小さく会釈した。

ゴングが鳴るや、相手は目茶苦茶に押しまくって打ってきた。

「チェッ、イノシシみたいなやつだ」

隣で七海が呟くが、まさに言い得ている。

技術はないが、メンタルの強い攻撃型。その猪突《ちょとつ》猛進の闘い方に茉莉花は面食らっている。決め手となるパンチが決まらない。不利な闘いが続く。

死闘を繰り返した茉莉花は全精力を使い果たし、「三対〇」の判定で負けた。

七海は「あんな、喧嘩が強いから勝つみたいなの、ボクシングじゃない」と言ったが、積極的な攻撃姿勢はポイントとして加算されていた。

いつも笑顔の彼女はそのまま下を向いて涙し始めた。七海がタオルを押し付けて拭いてやるが、ヒックヒックと声を上げ始め、もう止まらない。

「リズムが全然悪くて……どうしてこんな――」

「茉莉花、頑張った、すごく頑張ったよ」

綾香が泣いている茉莉花の肩を抱いた。

茉莉花でもだめだったか……。期待していただけに、彼女が判定負けしたのは痛手だった。

負けた試合の後には選手は全く力が入らないものだが、セコンドも全く同じだということを思い知った。自分が試合に出たかのように、体がぐんと重い。

そして、頭の中では何がいけなかったんだろう、と反省と悔しさが交差する。

このまま手足を投げだして、その激しい思いに身を任せたい。だが、そうはしていられない。次の試合が分刻みで迫っている。

いや——きっと次の試合こそ、うまくいくはずだ。今度こそ勝てるかも……。


その繰り返しだった。

三番手の試合は相手が新聞に載るような有名選手で、正直、勝ち目は少なかった。でも、もしかしたら、相手の体調が悪いかもしれない。相手の変調に期待して……負けた。

それでも、また次に希望を持った。ひょっとして万に一つのパンチが出るかもしれない。そのたった一発で相手をＫＯすることだってないとはいえない。一縷《いちる》の望みを抱いて……負けた。

こうして「館女」の出場選手はさらに二人負け続けた。

四連敗。

今日残る最後の試合はウェルター級の美紗緒の試合だけになった……。

藁《わら》をもすがる気持ちだった。彼女には柔道で鍛えた剛腕がある。一発が決まった時の相手のダメージは大きい。きっとやってくれる。いや、やってくれ。最後の望みを美紗緒に託していた。

「あれ、あたし、勝った？　負けた？」

試合が終わると、美紗緒は聞いた。

互いにパンチを繰り出していたが決まらなかった。甲乙つけ難く、どちらが試合を握っているとも言えない微妙な内容だった。美紗緒は二十キログラム以上の減量に成功していたが、それがパワーダウンになっていた。

「二人とも体力が尽きて、絡み合ったままだんごになってましたよね」

七海が小声で言ったとおり、レフェリーが「ストップ」をかけて、お互いを離して試合再開という場面が何度もあった。

だが、五分五分ならば、勝てるかもしれない。

スクリーンに採点結果がなかなか表示されず、じれったい。

アマチュア女子の試合はプロボクシングのような劇的なノックアウトは少ない。三人の審判がラウンドごとに優勢な方に十点、劣勢な方に九点をつけ、その総合点で勝敗が決まる。クリーンな一撃でもあればポイントになったのだが……。

美紗緒と相手の選手の手を持ったレフェリーが採点を待つ。

僅差《きんさ》ならば、勝たせてくれ。祈るような気持ちで、スクリーンを見つめる。

やがて、掲示板に相手と美紗緒の採点結果が出た。

一人目の審判は、「二十九対二十八」。

二人目は、「二十六対二十八」。

三人目は「二十八対二十七」。

二対一。惜しくも美紗緒は負けていた——。

ボクシング部は廃部になるかもしれない……。思わず頭を抱える。

「あたし、負けたの？　ほんとに負けてた？」

納得のいかない美紗緒は泣き笑いのような顔になった。

「なんで負けたの？　なんでですか？」

「ダイエットの失敗。筋肉落としすぎた——」

美紗緒に詰め寄られて、ついそう言っていた。一瞬、生徒たちの間にしらっとした空気が漂った。

「そんなこと、今言わなくても——」と七海が言いかけてやめた。それから誰も喋らなくなった。

だが、それが真実だ。そういう結果が出たのだ。今繕ったところで仕方がない。

その時にはそうとしか思えなかった。

大会初日に出場した五人は結局一回戦で敗退した。

一試合負けても、次はいけるんじゃないか、と期待した。また負けても望みをつないだ。期待しては負ける——その繰り返しで心底消耗していた。

予選で大健闘した「館女」軍団だ。もしかして誰か勝てるんじゃないか、と思っていたが甘かった。全国の壁は厚かった。

残るは明日の凛の一試合だけだ。

つまり、ボクシング部の存亡はその試合にかかっている。

だが、俺のくじ運が悪いのか、凛の相手はまたも宿敵、「前園学園」の沙希。優勝候補、そしてオリンピック候補でもある。勝てるとは思えない。

ホテルまでの道のりが遠かった。気づけば、一列になっていた。無言のまま畑沿いのまっすぐな道をとぼとぼ歩いていると、あざ笑うようにカラスが鳴いた。だんだん影が長くなり、日が落ちた頃、ようやくホテルに着いた。

「まだ凛の試合があるから、気を抜かないように。気持ち切り替えて——」

ロビーで解散する時、そう言うのがやっとだった。

その夜、ホテルのベッドの上で疲労困憊《こんぱい》した体に鞭打って、夏合宿のときに凛と沙希が対戦した映像を何度も見直した。夏休みに実力をつけて自信満々で臨んだものの、一発も沙希に当てられないまま、第一ラウンドの途中で俺がタオルを投げて惜敗を喫した試合だ。

　何とかして勝算を見出せないか。沙希の弱点はないか。今からでも間に合う秘策はないか。目を皿のようにしてわずか四十五秒の試合を何度も何度も再生する。

　見れば見るほど、沙希という逸材には隙が無い。抜群の身体能力と強靭な精神。繰り出す攻撃は絶妙なセンスで硬軟織り交ぜる。

　凛のパンチは沙希の頑強な両手で防御されると、その鉄壁さで全く響かない。まるでパンチそのものに威力がないかのように見える。だが、身軽な沙希はパンチを繰り出された瞬間に相手の動きを読み取ってもう体勢を変えている。そのことによって、パンチが決まるタイミングが微妙にずれる。ジャストミートさせないのだ。だから、相手のパンチの威力は半減してしまう。

　それが分かったところで、もはや対策の立てようもなかった。

　映像を見るうちに、身を焦がすように一勝を願っていたことが虚しく思えてきた。

　沙希に勝とうと思うのが、土台無理なことなのかもしれない。

　明日がボクシング部最後のゲームだと思って、悔いのないように闘うしかない……。

　それでも諦めきれずもう一度だけ映像を見た。

　ボディに凛のパンチが入りそうになった時、一瞬だけ沙希が不機嫌な表情になったように見えた。ボディが弱いのかもしれない。

いや、思い過ごしだろう。

気に留めず、スイッチを切った。


決戦の朝、綾香と一緒に、控室に現れた凛の髪は美しく編み込まれていた。

大会の規定でヘッドギアから髪の毛がはみ出てはいけない。ヘアピンも使えないので、はみ出そうな場合は前髪をちょんまげにしたり黒いネットを被ったりする。

これまでそのなんとも野暮ったい黒いネットを使っていた凛だが、今日は髪型のせいか凛々しく強そうだ。

その凛がｉＰｏｄのイヤホンをつけてアップを始めた。綾香が俺に近寄ってきた。

「七海が、わたしのｉＰｏｄに、いつも練習でかけてる音楽を入れてくれたんです。いつもの音楽聞きながらアップしたら、少し緊張がほぐれるんじゃないかって」

「そうか。あの髪は？」

「いいでしょう？　わたしの力作。わたしの分まで頑張ってもらおうと思って……」

「……綾香も、出られたらよかったよな」

「ムリですって。わたしだったら、予選通過できなかったたし、このプレッシャーすごいですよね……とにかく凛にいろいろ言うと、プレッシャーに押し潰されちゃいますから。先生も今日は凛をあんまり刺激しないようにしてください」

綾香は代表をかけた凛との試合に負けてから、まるで凛の個人マネージャーだ。

「夏合宿の雪辱を晴らしたい、みんなの応援に応えたい、ボクシング部を潰したくない――口では言わないけど、凛だって、そう思ってるんです」

「うん」

「けど、ナイーブな子だから、あんまりあれこれ思惑が絡むと、体動かなくなるじゃないですか。だからあんまり凛の負担にならないように――」

「了解。そうだな。へたに凛を刺激しないようにしないとな」

綾香は深く頷いた。

「父にも釘はさしてあるんですけど、なんだか大勢連れて応援に来るみたいで……」

綾香の父は今や「館女」ボクシング部の応援団長のようになって、地元商工会に寄付を募り、遠征費の一部を援助してくれていた。

「凛のお父さんのこと、聞いてます？」と綾香は声を潜めた。

頷くと、綾香は凛に見えないように口を覆った。

「凛、もしかして見に来てくれるんじゃないかと、思ってるみたい」

綾香はスマートフォンの画面をかざして見せた。

ボクシングのユニフォームを着た凛の写真とつぶやきが、表示されていた。

「明日、十二時半頃から、いよいよ試合です。みんな、見に来てくれるといいな」

「父」という言葉はどこにもなかったが、綾香によれば「『みんな』というのは、お父さんです」と言う。

「凜は、できれば、誰にも見られたくない、こっそり目立たないでいたいって子じゃないですか。別に『みんな』に見られたいわけじゃない。お父さんにだけ見てほしいんです。だって、いつもは凜、こんなこと書かないですもん」

以前、ファイティング・ポーズをとる父親の写真を俺に見せて以降、凜は父親のことを一言も言わなかったが、ずっと「どこかで見ててくれるんじゃないか」と思っていたのだろう。

俺は黙々とストレッチをする凜の姿を見つめていた。

アカマツの下で出会った頃から今日までのことが浮かんでは消える。

「猫を飼いたい」とさえ母親に言えない内気な少女だった凜の姿に、少年時代の自分を重ね、ボクシングを教えることになったこと。何をやってもダメだと思っていた凜が「もっと強くなりたい、勝ちたい」と夢見て、一段ずつ階段を上っていったこと。

惨敗して自信喪失した時も、スランプに陥った時も、歯を食いしばって頑張っている彼女は健気《けなげ》だった。

逆に、その姿に自分の方が勇気をもらっていたのかもしれない。

凜たちのおかげでトラウマになっていた近見の事故のことも乗り越えることができた。

助けられてきたのは自分の方かもしれない……。

俺の視線を感じたのか、凛がこちらを見たので、手首を入念に動かすようにジェスチュアで指示すると控室を出た。大勢の部員がいるから、いつもは凛につきっきりでない。べったり張り付いていられると、やりにくいだろう。

あと二時間もすれば、試合が始まる。

どうせ負けるなら、凛がいつもどおりの実力を発揮できるようにするぐらいしか、やれることはないのかもしれない……。

その時、ふと思った。

もしかしたら、自分は勝つことばかりを願いすぎて、大事なものを見落としていたんじゃないか——。


控室を出たロビーで沙希のセコンドをする斎藤先生にバッタリ会った。対戦相手だが、むこうは楽勝だと思っているようで、「どうも。今日はよろしくお願いします」と、やたら友好的だ。

「本田先生を探していたんですよ」

「はあ」

「実はですね、うちの理事長が、『女子ボクシング部を作りたい』と言い出しまして……実績のある本田先生にぜひ本学にいらして頂けないかというんですわ」

現在、「前学」のボクシング部は男子部員に混じって少数の女子が練習しているが、女子ボクシング部として独立させたい。そのために俺をスカウトしてきたのだった。

「いいえ、わたしなんか、とても」と言ったが、「すごくいい条件なんですよ。うちは私立ですから、資金力はありますし。資料だけでも見てください」と、斎藤はA4サイズの茶封筒を押しつけるように手渡していった。

「前学」のボクシング部から誘いを受けるなんて……。合宿で使わせてもらったあのすばらしい練習施設が頭を過る。

思わず封筒に目を落とした時、視線を感じた。

凛が立っていた。まずいところを見られたかもしれない。

「——先生、『前学』に行くんですか？」

「まさか……行くわけないだろ」

「でも、『前学』なら、山下沙希みたいな強い選手いっぱいいるし……」

俺は首を振ったが、凛は続けた。

「わたしが勝てなかったら、ボクシング部は廃部になって、先生は『館女』を辞める……辞めて、『前学』に行くんですか！」

「そんなことないって。それより、目の前の試合に集中しろ」

「——」

凛は、返事をしなかった。不服そうな顔で、そこを去ろうとした。

「凛！」

振り返った凛に言った。

「悔いのない試合をしような……もしかしたら、これが最後――いや、その……お父さんも、来るかもしれないんだろ？」

凛は黙ったまま前髪を引っ張ろうとした。困った時にやる癖だ。だが、今日は綾香がきれいに編み込んでしまったので、前髪を掴むことができず、その手は手持無沙汰に額を触った。

「……来ない、って」

「え？　連絡あったの？」

凛は首を振った。

「母親が――実は連絡先知ってたみたいで……」

凛は首を振った。

「お母さんに、お父さんに会いたいと思ってること、伝えたのか？」

「わたしのSNS見て、そう思ってること分かっちゃったみたい……で、母親が、今日の試合のこと、知らせたら、『たぶん行けない』って言われたって、ゆうべ」

「そうか――残念だな」

「……お父さん、なんでわたしには連絡くれないんだろう」と凛はポツリと言った。

「そりゃ、試合前に凛を動揺させたくなかったんだろ」

黙ったまま凛は首を傾げ、思案顔になる。

「お父さん、ボクシングやってたから、試合前の選手の気持ち、よく分かってるんじゃないかな……お母さんの気持ちも考えたのかもしれない」

凜は小さく頷いた。

「でも、ひどい負け方するところ、見られなくていいか……」

その負けが決まったような言い方に引っかかった。

「凜、負けるって、決まってるわけじゃない。合宿から相当頑張ったじゃないか」

「そうだけど……だからこそ余計分かるんだ。山下沙希がこれまでどんだけやって来たか、どんだけもってるか」

凜は目を落とした。

「──わたしのボクシングは、いまだに『ままごと』なんだよ」

夏合宿で対戦した時、沙希の桁違いのスピードとパワーに、凜は一発も打ち込めなかった。屈辱的な負け方をした沙希に「ままごとみたいなボクシングだね」と言われた。その悔しさをバネにして、凜は今日まで頑張ってきたのだ。

凜は押し黙ってしまった。

全員連敗して後がない。みんなの期待は凜にのしかかり、部の存亡は凜の試合にかかっている。待っていた父親は来ない。俺がスカウトされているところを見る。凜にとって心が萎《な》えるようなことばかりだ。

まずいな。試合に集中させたいところなのに……。

「いろいろあって心が揺れるのは分かるけど……試合以外のことは、全部リングの外に忘れろ」

「分かってる……分かってます」

凛はそっけなく会釈すると、洗面所の方へ去った。

そこへ、美紗緒が紙袋を提げて現れた。

「これ、うちの父ちゃんが先生にって。昨日、客席から見たら、先生痩せてたからって」

美紗緒が押しつけた紙袋には焼きおにぎりが入っていた。そういえば山形に来てから、ろくにものを食べていなかった。廃部のプレッシャーと闘いながら、選手たちを引率、管理し、試合のセコンドを務め、めまぐるしく忙しかった。

「ほら、先生、一個でも二個でもいいから、食べてよ」

まるで近所のおばちゃんのようだ。美紗緒は俺を無理やりロビーの丸椅子に座らせると、おにぎりを手に持たせた。

塩がきいた白飯に、群馬名物の下仁田ネギで作ったネギ味噌が照り付けられている。思わずペロリと食べてしまう。

「うまいよ」と言うと、美紗緒は嬉しそうな顔になった。

「昨日、ごめんな……俺、イライラして余計なこと、言ったわ」

美紗緒は黙ったまま頷いた。

突然、彼女の目に涙が溜まってポロポロと流れる。

「いい、いい。もういいからさ、先生は食べて……飲み物を買ってくるよ」と、美紗緒は階下へ降りていった。

入れ替わりに姿を消していた茉莉花が現れた。

「ちょっと偵察して来ました」と得意げに言う。

「山下沙希なんですけど、調子は上々です」

沙希の個人マネージャーをしている元カレから、沙希が近くのジムでアップをしていることを聞き出したらしい。そして、こっそり偵察して来た。気持ちは有り難いが、「調子は上々」というのはあまり嬉しくない情報だ。

そこへ、段ボール箱を持った綾香がやって来て、「凛を知らないか?」と言う。

「さっきトイレに行った」と言うと、いつも優雅な綾香がバタバタ駆けていく。

すぐに、凛と、空箱を抱えた綾香が戻ってきた。

凛の顔が紅潮している。色白だから何かあるとすぐに顔に出る。

いいことがあったな。

「これ――」

凛は真新しいボクシング・シューズを履いていた。

「これが届いた……お父さんから」

大会会場に届いていたという。凛はこれまでずっとボクシング・シューズより数千円安いレスリング・シューズを使ってきた。あのしっかり者の凛の母親は気づいていたのかもしれない。このタイミングで父親からのプレゼントが届くなんて、たいした演出じゃないか。

「よかったな」

「はい」

「凛、空箱置いてくるね」と綾香は言って、茉莉花と一緒に小走りで去っていった。

その姿を目で追った。

「綾香って、あんなにバタバタ走るんだな……みんな、凛のために必死だな」

「う……ん」と、凛は、肯定とも否定ともつかない返事をした。

「わたしのためじゃなくて——みんな、先生を辞めさせたくないんだ。だから頑張ってる」

一瞬、周りの音がやんだように、何も聞こえなくなった。

「わたしも、いろんなことがありすぎて、頭おかしくなりそうだけど、先生を辞めさせたくない。だから、頑張る」

鼻の奥がツンとなった。

俺を辞めさせたくなくて、みんな走り回ってくれている……。

沙希は常に「館女」に立ちはだかる大きな壁だった。茉莉花の恋敵だったこともあり、「館女」軍団の前にいつもいる沙希を倒すことは、生徒たちにとって悲願だった。それがどんなに大変なことか、凛だけでなく、みんな分かっているのだ。

俺は半ば諦め、半ば自棄《やけ》になっていたが、生徒たちは最後までくじけずに走り回っている。

自分がグローブを付けられるようになったのは、みんなが力を貸してくれたからだ……。

それなのに、俺は焦りまくって、何も見えなくなっていた。我を忘れて美紗緒にはひどいことを言った。勝ちにこだわるあまり、試合に負けて帰って来た彼女たちを「頑張った、よくやった」とさえ言ってやれなかった。内心、なんで負けたんだ、とさえ思っていた。

こんな自分のために……。

完全に隙を突かれていた。涙がこみあげてくる。

誤魔化そうとして目をこすった。

「先生？」

凛に覗きこまれて、ますます行き場がない。さらにゴシゴシ目をこする。

「か、花粉が飛んでんだな」

「花粉!?　もうですか！」という声に振り返ると、ニヤニヤした七海が立っていた。

大の男が女子高生たちに励まされている。

最高にカッコ悪い。

けれど、心は最高に温かくなっていた。

みんな、ありがとう。

試合まで、あと一時間、束《つか》の間の陽だまりだった——。

「青コーナー、群馬県、館明女子高等学校、鈴木凛さん。赤コーナー、埼玉県、前園学園高校、山下沙希さん……」

試合前のアナウンスが流れていた。選手の紹介に続いて、レフェリーの四人の名前が告げられる。先ほどまでまばらだった客席は満席になっていた。

「館女」側の客席には綾香や美紗緒の父親、凛の母親など父兄もたくさん駆けつけていた。「前学」側には優勝候補の沙希の試合とあって、マスコミのカメラや、雑誌記者の姿も見える。

コーナーに立つ凛は目で探すようにするが、父親の姿はない。

「凛、前言ったことあったよな。俺もさ、ボクシングやるまでうだつのあがらない人生だったって」

凛は頷く。

試合前に何を言い出したのかと、七海がこちらを覗き見たが、そのまま話し続ける。

「一年生のころは、凛は『猫を飼いたい』ってことも言えなかったんだぞ」

「はい」

当時のことを思い出したのか、凛の瞳が照れ笑いするように瞬く。

「今は、やりたいことをやりたいって言えるようになったんじゃないか。お父さんに会いたいってことだって、お母さんに伝わった」

「けど——やっぱり、来ないね」

呟くように凛が言う。

凛はシューズに目を落とすと、もう一度客席をちらっと見た。

「きっとどこかで、応援してくれてるよ。シューズが届いたじゃないか。今日は、お父さんは来られないかもしれないけど、つながったんだろ……」

凛の顔を両手で押さえて、額を付けるようにして言う。

「試合に集中しろ」

「はい」

「おまえなら勝てる」

「わたしなら勝てる……勝てる勝てる勝てる」と、凛は自己暗示にかけるように何度も繰り返した。

「もう、相手だけを見ていけ」

「はいっ」

リングを出た。

ラストゲームだ。そう思って試合に臨もう。

決して凛に「負けていい」とは言えない。試合を投げ出すなんて最低だ。どんな結果が出ても、悔いだけは残さないように、最後まで全力で闘おう。

「カーン」

下手側で試合開始のゴングが鳴る。

両手のグローブを叩き合わせて跳ねるように凛が中央に出ていく。対する沙希のステップも軽い。四か月ぶりに見る沙希は伸ばしていた髪を刈り上げてショートヘアにしていた。ますます自信と貫禄が加わり、そのバネはしなやかなのに強い。

一瞬のうちに二人の熱気がリングで炸裂する。

凛も闘争心では負けていない。合宿の時のように一発も当たらないなんてことはない。だが、凛の一撃に対して、必ず沙希はもっと強いレフトで応酬してくる。凛の方が身長は二センチだけ高いが、長い腕を持つ沙希はその分だけ有利だ。

凛の汗が吹き飛ぶ。

「下がるな！　すぐ打て。前に行け前に行け！」

リングの下から、必死で声を掛ける。

「凛、ファイト！　押して押して」

みんなの懸命な声援も飛ぶ。

そこへ沙希の強烈なアッパーが決まり、凛は足をもつらせて、膝をついた。綾香たちが悲鳴のような声を上げる。開始早々、カウントを取られてしまった。

「1《ワン》、2《ツー》、3《スリー》……」

凛はすぐに立ち上がり、レフェリーに頷くが、焦りが顔に出ている。

「ゆっくりゆっくり。大丈夫だから。冷静に冷静に」

俺の声が聞こえないのか、凛は相手にポイントを取られたショックから立ち直れないでいる。凛は身軽で天性の勘でリズミカルな攻撃ができるのが持ち味だが、焦ると単調になる。ただ闇雲《やみくも》に打ちまくるだけになる。

その分スピードも落ちていく。もっと落ち着いて。

凛、聞こえるか？　聞こえているのか？

気づけば懸命に声を上げていた。


第一ラウンドが終わり、コーナーに倒れ込んだ凛の息は上がっていた。濡れタオルをパンパンと力強く扇いで、凛の体に水を噴きかける。

「あんなの気にすんな」

「でも――」

凛は声を詰まらせる。

「もっと足使え。そうしたら勝てる」

「ダメだ。勝てない」と、凛は首を振る。

「これから挽回できるから」

「ダメだよ。強いよ、アイツ」と、凛は顔を覆った。

「そんなに焦るな」

凛の顔をはさんで左手の客席を見させる。

「ほら、見ろ。みんな応援してる」

すぐ傍ではセコンドの七海が凛のマウスピースを洗っている。

客席脇では綾香たちがおそろいの「館女」Tシャツで、「行け行け、凛！　フレフレ、凛！　燃えろ燃えろ、凛！」と、声を枯らして応援している。

その後ろには、「館女」の小旗を持った綾香の父親たちの応援団。そして、心配そうにこちらに視線を送る凛の母親。

「諦めるな。みんなの応援が聞こえるだろ。それを力にしろ。な、俺も、あの事件で人生諦めてたけど、やり直せるんだ。何だってやる気になればできるんだよ。そのことを教えてくれたのは、凛じゃないか」

凛は荒い息を抑えながら、俺を射抜くように見返す。

「凛たちが人はこんなに変われるんだよって、すごいお手本見せてくれただろ。俺にとっては、それがエネルギーの源だったよ。できるよ……」

喉をならしてペットボトルの水を飲む凛の顔は無表情だ。

「カン、カン、カン、カン……」

インターバルの残り十秒を知らせる、拍子木が鳴り始めた。

「一人じゃないんだ。みんなの気持ちを力にしろ。きっと引き上げてくれるから……いつか、お父さんにも見てもらうんだろ」

と、お父さんと聞いた凛の顔がかすかに動いた。

「凛、できるんだ。諦めなきゃ、何だってやれる」

「できる……何だってやれる」と、凛は呟いた。

「セコンド、アウト」とアナウンスが入る。俺は凛の頭を撫で、リングから出た。

第二ラウンド、凛は沙希に食らいついていったが、劣勢は誰の目にも明らかだった。

沙希の連打を避けるので精一杯だ。足も止まり、肩で息をしている。

対して、沙希の軸は全くぶれない。悠々と凛の隙をついて、威力のある一撃を繰り出し、じわりじわりと追い詰めていく。

前向きな声援を送ってきた客席の声も力がなくなってきた。

とっくに凛の限界点を超えている。いつも指導してきた俺には手に取るように分かる。

沙希の繰り出すレフトがじりじりと効いてきている。

「1《ワン》、2《ツー》、3《スリー》……」

と、思う間にまた左ストレート。凛が倒れ込む。

レフェリーの声が響くが、凛は立ち上がれない。

「4《フォー》、5《ファイブ》、6《シックス》……」

もういいよ。凛、もう諦めよう。俺は首に巻いていたタオルを握りしめた。

タオルを投げれば試合が終わる。ボクシング部も終わる。諦めないで頑張っている凛は夏合宿の時のように怒るだろう。だが、もう十分だ。審判に止められるより、俺が幕引きした方がいい。

「7《セブン》……」

タオルを投げようとした刹那、七海が俺の手を止めた。

「先生、凛はまだやれる」

七海は確信に満ちた目で言った。

その時、ようやく凛が立ち上がった。レフェリーにファイティング・ポーズをして見せ、また沙希に向かっていく……。

ファイナルラウンドの前のインターバルで、鼻血を出した凛の応急処置をした。

「凛、もう十分だ。やめよう」

凛は激しく首を振る。

「まだやれる……絶対やめない」

「けど、もう限界だよ」

水でうがいをする凛は、全身汗びっしょりだ。

「そんなの、分かんないよ。やれる！　諦めたくない――」

頑固に言い張る凛の顔は、血と汗と涙が混じりあっている。その顔を見た俺は、昨夜凛と沙希の試合の映像を見ていてふと思いついたことを言ってみた。

凛は聞いた瞬間、「えっ」という顔をしたが、おとなしく頷いた。

「やってみるよ！」


「カーン」

ゴングが鳴り、ぼろぼろの凛がリングに出ていく。

対する沙希は一撃で仕留められるのに、少しずつなぶりものにして楽しんでいるかのようだ。凛は両手で顔を防御して打たれるがままだ。

「凛、大丈夫か？」

俺の声が耳に入った凛は、激しく首を振る。

ふらつきながら凛は諦めない。ダウンを取られても起き上がり、前へ前へ向かっていく。

電光掲示板に表示された残り時間はあと二十秒だ。あと二十秒辛抱すれば終わる。

祈るような気持ちでいたその時だった。

あえいでいた凛は不意に左腕をだらりと下げた。

やられる！

「休むな」と、声を上げた時、沙希が右ストレートを出してきた。

凛は腰を落として沙希のストレートを避けた。沙希の腕が空気を切る。

その瞬間、沙希の懐《ふところ》に入った凛は、左アッパーでボディを決めた。

沙希のレバーをえぐりとるような強烈な一撃だった。

先ほどまで激しく動いていた沙希がゆっくりとスローモーションのように膝をつく。

その顔に表情がない。

レフェリーがカウントを取り始める。沙希はレフェリーに頷いて立ち上がる素振りを見せるが、なかなか立てない。

何が起きたのか。観客は騒然としていた。

先ほどのインターバルで俺は凜に「沙希はボディが嫌いなんだ」と耳打ちしていた。フラフラの凜が左腕を下げたのは、沙希を誘う凜の作戦だったのだ。

いつも沙希は相手のパンチを瞬時に読み取り、ヘッドを移動させることでその威力を半減させていた。軸がぶれないからできることだが、その分、重心に近いボディは咄嗟《とっさ》の動きに弱い。だからボディをやられたときの衝撃は大きい。中でも凜のパンチはレバーを捕えた。どんな世界チャンピオンでもレバーへの一撃には息が止まる。

凜は本能的なセンスで沙希のパンチを誘い、左ボディをぶっつけ本番で繰り出した。

「二度とできない」と後になって凜は言ったが、まさに神業だった。

沙希は一瞬立ち上がったが、またロープ際で膝をついた。

ノックダウン。

まさかの出来事に観客は総立ちになる。

沙希が起き上がれないことを確認すると、レフェリーは凜の手を挙げた。

「館女」の応援席から歓声が上がった。
思いが強ければ、こんなことが起きる——奇跡としか言いようがない一勝だった。

エピローグ

うららかな日、校門の桜は満開だった。

時折、ソメイヨシノの薄紅の花びらが落ちる。葉桜になっているヤマザクラの白い花弁も散る。柔らかい雨のように桜が降る下を「館女」生が歩いていく。

真新しい制服を着た新一年生の二人組がこちらに歩いてくる。

それは三年前赴任してきた日と同じ光景のようで、どこか懐かしい。だが、どこか違っている。

微妙に桜の枝ぶりが変わっている。その奥に見える校舎の二階の窓には「祝・全日本女子選手権大会出場　ボクシング部」の垂れ幕が加わっている。

校庭のアカマツの下に泣き虫の凛はいないし、巻き髪の綾香もいない。俺の格好もペラペラのスーツではなく、着古したジャージだ。

あの日、馴染みのない群馬で、しかもブランクを経て女子校で教師をする不安で押し潰されそうだった。そんな時、校門の桜がはらはらと散る中「館女」生たちが歩いている情景を見て、一時《いっとき》癒されていた。

結局、綾香たちとお花見をしなかったな……。

月日が経つのは本当に早く、ボクシング部を巣立った初代部員たちは、すでに卒業して、思い思いの道を歩んでいた。

山形の「全日本」で沙希に勝った凛は次の二回戦では第一ラウンドでTKO負けしたが、高校三年間ボクシングを続けた。卒業後はやらないと言っていたが、大学でも再びボクシング部に入った。父親とはいまだ会えていないらしい。

女子大に合格した綾香は、父親と四年間だけの約束で東京での寮生活を始めている。茉莉花はボクシング部を引退後、〝デキ婚〟して今では胎教に忙しい。

体育大に進学した美紗緒は、柔道に転向して再び体重を増やしている。

すべて情報通の七海のメールで知ったことだ。そういう彼女は宮崎で医大生になっている。

教師にとって春は別れの季節だ。共に笑い、共に泣いた生徒たちが卒業していく。めでたい儀式だが、本心を言えば、やはり寂しい。

けれど、春は出会いの季節でもある。

俺は昇降口に急ぎ足で向かっていた。これから入部希望の新入生への説明会をするのだ。もちろん前園学園からの誘いは正式に断っていた。試合前だったこともあったが、誘われた時、ピクリとも気持ちが動かなかったのだ。

夏は蒸し風呂、冬は冷凍庫となる、古い体育館。

ぺちゃくちゃ喋りながら、それでいてまっすぐにボクシングに向かっていく、強くしぶとい、愛すべき生徒たち。

ピカピカの練習場より、幼いころから英才教育を受けたサラブレッドのボクサーより、俺はこの「館女」とその生徒たちが好きだ。

そういえば、ボクシング部を二年生で辞めたトロコは、一浪中。浪人が決まってからは、気分転換と称してOGとして練習の手伝いに来てくれていた。今日も来ているはずだ。

昇降口へ行くと、そのトロコと真由子が俺を見て、手を振った。

「本田先生、早くー!」

真由子はボクシング部の副顧問に就任して、女子部員の心身状態を管理・サポートしてくれることになっていた。

今年は創部以来、初めて部員を募集した。

誰も希望者がいないかもしれない。閑散とした昇降口を想像していたが、行ってみると、新一年生の十人が思い思いのおしゃべりに興じていた。

「じゃあ、自己紹介しようか」というトロコの言葉に口火を切ったのは、大柄な美少女だった。

「川崎パトリシアです。父がブラジル人なので、ブラジル生まれです。好きなものは、ズバリ肉です」

すると、パトリシアの隣にいた小柄な子がパッと目を輝かせる。

「わたしも肉が大好きです。えっと、根本リリーです。うちは母がタイ人なので、護身術としてボクシングを勧められました」

さらに、フィリピン人とのハーフだという内気そうな子がいる。「全日本」に出た凛に憧れて、「館女」を受験したというキャピキャピした子がいる。「ちょっとボクシングやってみたい」だけの、ふにゃふにゃした華奢な子がいる。

どうなることやら……。

戦々恐々としながら、宝物のグローブを見せる。

「うわー、思ったより軽い！」

「ほんと。むちむちして、いい弾力」

女子高生といえども十人十色だ。今年はまた別のことが起こる。

次に何が起こるか分からない。

少々の不安と大いなる期待を抱いて、俺はグローブを付け、シャドーボクシングをして見せた。


—終—

謝辞
取材にご協力頂いた群馬県立館林女子高等学校ボクシング部の皆さんに感謝致します。

本書は書き下ろし作品です。
一部、実際の団体や地域が登場しますが、本作はフィクションです。実際の人物や団体、地域とは一切関係ありません。

TO文庫
手紙の秘密を知った時
もう一度、読み返したくなる
二宮敦人
「！（ビックリマーク）」
×
鉄雄
「櫻子さんの足元には死体が埋まっている」
大人気お仕事
ミステリー！
郵便配達人
花木《はなき》瞳子《とうこ》が仰ぎ見る

笑えて元気に
なるのにこんなに
涙があふれる
なんて！
書き下ろし最新刊
婚《こん》活《かつ》刑事《デカ》
花田米子に激震
安道やすみち
Ando yasumichi
TO文庫
惚れた男は
全員犯人！
冤罪事件へ挑む婚活ミステリー長編！

TO文庫

ボクシングガールズ

2015年5月1日　第1刷発行

著　者　澤田 文
発行者　東浦一人
発行所　TOブックス
〒150-0011 東京都渋谷区東1-32-12
渋谷プロパティータワー13階
電話03-6427-9625(編集)
0120-933-772(営業フリーダイヤル)
FAX 03-6427-9623
ホームページ　http://www.tobooks.jp
メール　info@tobooks.jp
フォーマットデザイン　金澤浩二
本文データ製作　TOブックスデザイン室
印刷・製本　中央精版印刷株式会社

Printed in Japan　ISBN978-4-86472-378-7